अष्टभुजा शुक्ल

जन्म : अक्टूबर 1957 में जनपद बस्ती के दीक्षापार गाँव में।

पुस्तकें : कविता संग्रह: पद-कुपद, चैत के बादल, दुःस्वप्न भी आते हैं, इसी हवा में अपनी भी दो चार साँस है, रस की लाठी।

निबंध संग्रह: मिठउवा, पानी पर पटकथा।

सम्पादन : 'अतिक्रमण' त्रैमासिक के आठ अंकों का सम्पादन, ललित निबंध अवधारणा एवं सृजन, त्रिलोचन की अवधी कृति 'अमोला की किसुली', बस्ती: अतीत से वर्तमान तक।

सम्मान : परिवेश सम्मान, केदारनाथ अग्रवाल सम्मान, माटीरतन सम्मान, चक्रधर सम्मान, श्रीलाल शुक्ल स्मृति इफ्को साहित्य सम्मान।

सम्प्रति : श्री तुलसीदास उदयराज संस्कृत महाविद्यालय, चित्राखोर बनकटी, बस्ती से सेवानिवृत्त होकर आचार्य रामचन्द्र शुक्ल नगर (इटैली पांडेय) कैली रोड, पोस्ट लबनापार - 272002, बस्ती में निवास।

संपर्क : 8795594931, 8009246423

मिठउवा : अष्टभुजा शुक्ल

प्रथम संस्करण : जनवरी, 2025

ISBN : 978-93-48497-64-2

प्रकाशक : अनबाउंड स्क्रिप्ट
2/41, अंसारी रोड, दरियागंज, दिल्ली -110002
वेबसाईट : www.unboundscript.com
ई-मेल : books@unboundscript.com
फोन नं. : 011-35807601

MITHAUWA
Written *by* Ashtbhuja Shukla

मुद्रक : यश प्रिंटोग्राफ़िक्स, नोएडा, उ.प्र.

मूल्य : ₹ 199/-

मिठउवा

अष्टभुजा शुक्ल

माई श्रीमती हीरादेवी

और

बप्पा श्री दुर्गा प्रसाद शुक्ल

की

पुण्य स्मृति में

अनुक्रम

भूमिका

विचार प्रधान या विचारात्मक निबंध के बरक्स ही हिन्दी में ललित निबंध का स्वरूप सामने आया। निबंध तो प्रकृत्या ललित होता है, व्यक्तित्व का अभिव्यंजक होता है या उसे ऐसा होना चाहिए, किन्तु जैसा कहा, हिन्दी में उसे एक नये नाम के साथ आना पड़ा। जिसे हम ललित निबंध कहते हैं, ऐसा नहीं है कि वह विचार-शून्य होता हो। विचार उसमें भी होते हैं, गंभीर और महनीय विचार, परंतु वह विचारों की दुंदुभी नहीं बजाता, उनकी उद्घोषणा नहीं करता, उनका विज्ञापन नहीं करता, इसके विपरीत वह उन्हें ललित और रमणीय बनाकर प्रस्तुत करता है। यह लालित्य और यह रमणीयता ललित निबंध के पूरे ढाँचे में होती है; महज़ ढाँचा ही नहीं, उसकी अंतर्वस्तु भी ललित और रमणीय में रच-पग कर ही सामने आती है। गंभीर से गंभीर विचार अपना रूखापन छोड़कर रोचक बनकर हमारे दिल और दिमाग दोनों पर दस्तक देते हैं। विचार का कलात्मक रूपान्तरण देखना हो तो ललित निबंध से मौजूँ और कोई भी विधा नहीं मिलेगी। उसका मुकाबला बस कविता ही कर सकती है, ऐसी कविता जो रामविलास जी के शब्दों में महज़ जड़ाऊ नहीं, टिकाऊ भी होती है। विचार ललित निबंध को गरिमा प्रदान करते हैं, उसे स्थायित्व देते हैं, परंतु ठेठ विचार बनकर नहीं, अपने स्वभाव में तरलता लाकर, रोचकता लाकर, रचना के रूप में ढलकर, पककर और दीप्त होकर।

आप देखेंगे कि ललित निबंध प्रायः बतकही के रूप में आकार लेना शुरू करता है, पाठक से लेखक की संवाद धर्मिता प्रारंभ में ही हो जाती है और पाठक को अपने विश्वास और अपनी आत्मीयता के दायरे में लिए हुए, उससे बतकही-सी करता हुआ, लेखक आगे बढ़ता जाता है। बतकही को रोचक बनाने के हेतु वह विषयान्तर भी करता है, कुछ किस्से-कहानी जैसी चीजें भी अपनी बतकही में जोड़ता है जो ऊपर से विषय से अलग लगती हैं, परंतु गहरे कहीं एक अंतर्वर्ती तार उन्हें लेखक के मूल मंतव्य या कथ्य से जोड़े रहता है। एकदम अनौपचारिक तरीके से की जाने वाली सरल सीधी बातचीत कैसे धीरे-धीरे सार्थक और सारगर्भित बनते हुए जीवन के गंभीर सत्यों तक पहुँच जाती है, महनीय विचारों को अपने साथ अपने रंग में रंगते हुए पाठक तक संप्रेषित कर देती है, और अंत तक पहुँचकर सारा-का-सारा आयोजन कैसे एक अविस्मरणीय अनुभव में बदल जाता है, यही ललित निबंध की कला है।

आचार्य हजारी प्रसाद द्विवेदी का कोई भी निबंध उठा लीजिए, आपको ऊपर कही गई एक-एक बात का साक्ष्य मिल जाएगा। 'अशोक के फूल', 'आम फिर बौरा गए', 'शिरीष के फूल', 'नाखून क्यों बढ़ते हैं', 'ठाकुर जी की बटोर', किसी भी निबंध को देखें, ललित निबंध की कला अपने सहजता के सौन्दर्य के साथ उसमें विद्यमान मिलेगी। यही बात विद्यानिवास मिश्र, कुबेरनाथ राय के ललित निबंधों पर भी लागू होती है, जिन्होंने हिन्दी में ललित निबंध की विधा को हजारी प्रसाद द्विवेदी की परम्परा में ही समृद्धि प्रदान की है।

उपर्युक्त ललित निबंधकारों के निबंध अपनी सांस्कृतिक गरिमा तथा लोक-लय के नाते भी महत्त्वपूर्ण बने हैं। भारत की अपनी सामासिक संस्कृति को आचार्य हजारी प्रसाद जी के निबंधों में बड़े प्रशस्त रूप में देखा जा सकता है। उनके निबंध संस्कृति की जड़ अवधारणाओं से हटकर भारतीय संस्कृति का वह रूप हमारे सामने लाते हैं जो सदियों से यहाँ के अपने मूल निवासियों के अलावा, समय-समय पर बाहर से आने वाले कबीलों, जातियों-उपजातियों, धर्मों और नस्लों के लोगों की अपनी धार्मिक-सामाजिक विशिष्टताओं को

लिए-दिए सबको एकमेक करता हुआ, सबके सम्मिलित प्रयासों से संवरता और समृद्ध होता हुआ- गंगा की निर्मल धारा के समान अद्यावधि प्रवाहित है, जिसके नाते ही गुरुदेव रवीन्द्र के शब्दों में भारत अपने 'महामानव समुद्र' होने को चरितार्थ कर सका है, जो यहाँ की किसी एक जाति, धर्म या नस्ल वालों की बपौती न होकर, सबके द्वारा रचा सिरजा गया है। आचार्य द्विवेदी के ललित निबंधों से उजागर होने वाली यह सांस्कृतिक दृष्टि ही हमें अपनी संस्कृति की सही और प्रामाणिक पहचान कराती है।

कुबेरनाथ राय और विद्यानिवास मिश्र के ललित निबंध लोक-संस्कृति की जीवंतता को उजागर करते हैं। लोक संस्कृति की यही जीवंतता विवेकी राय के निबंधों में भी हमें दिखाई पड़ती है, और इसी परंपरा में ललित निबंधकार अष्टभुजा शुक्ल भी आते हैं, जिनके ललित निबंधों पर संप्रति कुछ संक्षिप्त टिप्पणी करना चाहूँगा।

ललित निबंध की बात तो अलग, ललित गद्य लिख पाना भी, कोई सरल बात नहीं है। जब मैं ललित गद्य की बात कहता हूँ तो मेरा आशय हिन्दी के अपने ठेठ जातीय गद्य से है, विशाल हिन्दी प्रदेश की, उसके विविध जनपदों की मिट्टी की सौंधी गंध लिए, इस मिट्टी में रहने वालों के मिज़ाज, उनके एक-एक तेवर को, उनकी बोली-बानी की मिठास, कड़वाहट, रुक्षता, ऐंठ, ओज और ऊर्जा को, उनके एक-एक लहजे को, एक-एक मुहावरे को, उनके समूचे निजत्व को साकार करने वाला, सहज, पारदर्शी, तरल और नितांत बेधक और प्रभावी गद्य। इस गद्य की बानगी हमें भारतेन्दु और भारतेन्दु मंडल के लेखकों में मिलती है, द्विवेदी युग के बालमुकुन्द गुप्त में मिलती है, बाबू शिवपूजन सहाय में मिलती है, छायावाद के निराला में मिलती है, प्रेमचन्द में मिलती है और शमशेर और त्रिलोचन में मिलती है, और, और भी ऐसे तमाम रचनाकारों में मिलती है, जिनके नाम देना संभव नहीं है और जो आज के तमाम सारे आधुनिकतावादी छद्म को सहते-झेलते हुए भी, अपनी ज़मीन, अपनी मिट्टी और उस मिट्टी में जीने और मरने वाले, उसके लिए लड़ने और संघर्ष करने वालों से कटे नहीं हैं, उनसे ऊर्जा पा रहे हैं, उनसे सीख रहे हैं, उन्हें

सिखा रहे हैं। ऐसा गद्य पंडित रामचन्द्र शुक्ल में भी प्रायः मिल जाता है, जब हृदय को साथ लेकर मानस की अंतर्यात्रा में निकली उनकी बुद्धि उन्हीं के द्वारा परिभाषित मुक्तावस्था में पहुँच कर वहीं रम जाती है। अन्यथा, हिन्दी के अपने जातीय गद्य का रूप हमें आज कहाँ दिखाई पड़ रहा है? छायावादियों की कृत्रिम काव्य भाषा हो, या नई कविता वादियों या प्रयोगवादियों की अपनी तथाकथित गहन गंभीर गढ़ी गढ़ाई भाषा, या फिर अंग्रेजी में सोचने और हिन्दी में लिखने वाले आज के नाम-धारी और अनामधारी महामहिम आलोचकों की बोझिल और गरिष्ठ भाषा, शुक्ल जी और रामविलास शर्मा जैसे अपवादों को छोड़कर। जिस जातीय गद्य की बात मैंने ऊपर की है और जिसके संदर्भ में मैंने कुछ नाम भी लिए हैं, यह जातीय गद्य जब भी सामने आता है, वह लेखन हो या बतकही, ललित रूप में ही आता है। लालित्य केवल मिठास और मृदुता में ही नहीं होता, वह पौरुष ओज, ऐंठ, प्रचण्डता और अक्खड़पन में भी होता है, जैसा कि हिन्दी जाति का स्वभाव है, जैसा कि इस जाति के अपने गद्य का स्वभाव है। ललित कहे जाने वाले निबंधों में यदि वे सचमुच इस विधा को सार्थक बनाते हैं, उसे रूपायित करते हैं, हमें और कुछ मिले या न मिले, संस्कृति और जीवन के गहन गंभीर मर्म से हमारा साक्षात्कार हो या न हो, उनमें हमें अपनी मिट्टी का रंग, उसकी महक, और उसमें रहने-बसने वालों का रूप, उनका अंतरंग और बहिरंग, तथा उनकी बोली-बतकही, अपने पूरे उभार के साथ दिखाई पड़ते हैं या पड़नी चाहिए; उनमें हमें अपने जातीय गद्य के दर्शन होते हैं। अष्टभुजा शुक्ल के जो थोड़े से ललित निबंध और लेख मैंने देखे हैं उनमें हमें हिन्दी के इसी जातीय गद्य ने सबसे पहले अपनी तरफ, मुखातिब किया है। मुझे लगता है कि हिन्दी का यह युवा गद्यकार और शैलीकार आज के आधुनिकतावादी प्रदूषण तथा उसके विषैले प्रभावों से अपने को बहुत कुछ बचाते हुए, अपने जनपदीय परिवेश में रचा-पगा, उससे शक्ति और ऊर्जा पाता हुआ, उसकी अभिव्यक्ति-सम्पदा को बड़ी सावधानी और होशियारी से अपनी अभिव्यक्ति में ढालता-सँवारता हुआ, ठेठ अपनी जातीय मानसिकता के साथ, हिन्दी में ही सोच और लिख रहा

है। उसके शब्द, उसका शब्द-विन्यास, उसके वाक्य, उसका लहजा, उसका बात करने का ढंग और मुहावरा कहीं से भी तथाकथित आधुनिकतावाद के सम्मोहन से ग्रस्त नहीं हुआ है। उसके गद्य में उसके जनपद की मिट्टी की गंध है, उसका स्वाद है, उसके तेवर हैं, उसका लहजा है; वह ठेठ उसका अपना गद्य है, हिन्दी का जातीय गद्य है।

अब इस गद्य के भीतर जो कुछ है, उसमें रचे-पगे उसके ललित लेखों और निबंधों की जो अन्तर्वस्तु है, थोड़ा उस चर्चा पर आइए।

सबसे पहले मैंने अष्टभुजा का ललित लेख 'मिठउवा' पढ़ा। लोक की अपनी लय से जीवन पाकर जिसे परिनिष्ठित भाषा कहते हैं, वह कितनी प्रभावी हो जाती है, इस बात को मैंने इस लेख में लक्ष्य किया। हम जिसे खड़ी बोली कहते हैं इसी प्रकार जनपदीय जीवन में व्यवहृत बोलियों को घुला पचाकर अपने को जीवित रख सकती है। शुक्ल जी ने कहा है कि जब पंडितों की भाषा रूढ़ हो जाती है तो उसे जीवन पाने के लिए लोक में जाना पड़ता है। लोक की अपनी भाषा या बोली में कितनी व्यञ्जनाएँ हैं, कैसी लाक्षणिकता है, यह विद्यानिवास जी के या लोक की लय को पकड़ पाने में समर्थ दूसरे गद्यकारों के लेखों और निबंधों में हम पा सकते हैं। फिर तो अष्टभुजा के अन्य निबंध भी देखने को मिले। 'बाबू मोर कहवाँ गइलें', 'तीन पानी तेरह गोड़', 'सदा बहार', 'रोटी या बीज', 'यह प्रालेय हलाहल नीर' आदि और सबमें मैंने हिन्दी के अपने जातीय गद्य को, और इस गद्य को हम सबको सुलभ करने वाले लोक जीवन में रचे-पगे एक शैलीकार को, लोक की लय को साधने में लगे हुए एक लोक गायक को पाया। उसके गद्य में ही मुझे उस संगीत के स्वर सुनने को मिले, जिसे लोक का संगीत कहते हैं।

परंतु बात महज़ गद्य और लोक जीवन में रची-बसी गद्य की शैली की ही नहीं है, अष्टभुजा के पास सही अर्थों में आधुनिक, अपने आसपास की ही नहीं, दूर-दराज को, देश और देश के बाहर की हलचलों को सुनने-समझने वाला, अपने राष्ट्रीय और जातीय सरोकारों के तहत चारों ओर चल

रही आपाधापी, विकास और विनाश की गतिविधियों में से सार्थक को चुनकर अनावश्यक और निरर्थक को निर्ममतापूर्वक छोड़ देने की तमीज़ करने वाला एक जाग्रत विवेक भी है। अष्टभुजा का गँवई मानस इस विवेक के चलते ही सजग है, बहुत बड़े परिवेश में घटने वाले प्रसंगों के प्रति, उपभोक्ता संस्कृति के विषाक्त माहौल के प्रति, आज के आदमी की निरुद्देश्य अंधी दौड़ के अहेतुक परिणामों के प्रति, जिसमें कुछ पाना नहीं, खोना ही खोना है, और इस सबके फलस्वरूप खंडित और विनष्ट होती हुई अपनी जातीय और राष्ट्रीय अस्मिता के प्रति। उसमें एक विक्षोभ और एक तड़प है कि कैसे इस आपाधापी के बीच से अपने जातीय और राष्ट्रीय वजूद को बचाए रखा जाए, कैसे लोक और लोक जीवन के भीतर जो कुछ स्वस्थ और सुन्दर है, उसे मलिन, विरूप और विकृत होने से रोका जाए, वह मिठउवा का कटना हो या बढ़यावाली काकी के नाती का अपने घर-दुआर, काकी-दादी को भूलकर परदेस में सदा-सदा के लिए बस जाना हो। अष्टभुजा की ये चिन्ताएँ उनके निबंधों में व्यक्त होती हैं, उनको उनके लालित्य के बीच विचार की गरिमा प्रदान करती हैं, और शनैः शनैः उन्हें उस परम्परा के निकट लाती हैं जो आचार्य द्विवेदी के निबंधों से प्रारंभ होती है। अभी अष्टभुजा का निबंधकार निर्माण के क्रम में है, वह सीख रहा है, विकसित हो रहा है, उस महारत को पाने की कोशिश में है जिसे पाकर ही आचार्य द्विवेदी की परम्परा की मजबूत कड़ी के रूप में किसी को याद किया जा सकता है। सरल सहज बतकही से प्रारंभ होने वाली रचना कैसे जीवन के गहरे से गहरे मर्म तक हमें ले जाकर भीतर से बदल देती है, हमारी संस्कृति में जो कुछ सबसे उदात्त है, भावना के स्तर पर और विचार के स्तर पर, कैसे हमें उसके समक्ष खड़ा कर देती है, आचार्य द्विवेदी की यह सिद्धि मार्गदर्शन कर रही है, आलोक बन रही है, उन रचनाकारों के लिए, जो निष्ठा के साथ अपने स्वत्व को बनाए और बचाए रखते हुए उस मंज़िल की ओर बढ़ रहे हैं, जहाँ पहुँचकर ही उस सुफल को पाया जा सकता है, जिसके लिए यह सारी साधना है।

अष्टभुजा शुक्ल के ललित लेखों और निबंधों में हमें इस साधना के सुपरिणाम देखने को मिलते हैं, लोक संस्कृति तथा अपनी जातीय अस्मिता के प्रति एक भावुक लगाव और उसकी अभिव्यक्ति ही नहीं दिखाई पड़ती है, जैसा कि हम कह चुके हैं, एक जाग्रत विवेक की सक्रियता भी लक्षित होती है, विचारों की ऊर्जा और ताप का अहसास भी होता है, और सबसे बढ़कर उस गहरी मानवीय चिन्ता के दर्शन होते हैं जिसके अभाव में बड़ी रचनाशीलता जन्म ले ही नहीं सकती। जातीय अनुभवों का एक संसार उनमें हमें मिलता है, घाघ-भड्डरी की कहावतों से लेकर ऐसे मिथकीय प्रसंगों तक जो जातीय अनुभवों को लिए-दिए अब तक हमारे साथ लगे चले आ रहे हैं। यह सब बहुत अच्छा लगता है। हमें विश्वास है कि अष्टभुजा शुक्ल अपनी इस साधना को उसके सुफल तक ले जा पाने में समर्थ होंगे, उस शून्य में अपनी लीक डालेंगे और उसे भरेंगे जो इस समय ललित निबंध लेखन की परम्परा में विद्यमान-सा हो गया है। ललित निबंध की यह परम्परा आगे बढ़ती रहे, उपभोक्तावादी संस्कृति के तहत विरूप और विकृत होती हमारी अभिरुचियाँ इस जीवन्त विधा को आहत न कर सकें, हमारे जातीय गद्य को विकास के, अभिव्यक्ति के, नये-नये आयाम और परिप्रेक्ष्य मिलते रहें, वह हिन्दी जाति के समर्थ और सप्राण रूप को उसकी जनपदीय विशिष्टताओं के तहत अभिव्यक्ति देता रहे, उसे बड़े स्तर के राष्ट्रीय तथा मानवीय सरोकारों से जोड़े रख सके, ऐसी हमारी कामना है। इस कामना को सार्थकता तथा सिद्धि तक पहुँचाने वाले युवा रचनाकारों का मैं अभिनन्दन करता हूँ, अष्टभुजा शुक्ल जिनमें मेरे अत्यंत प्रिय हैं। फिलहाल इतना ही, आगे कभी विस्तार से।

डॉ. शिवकुमार मिश्र, 1999
बल्लभ विद्यानगर , गुजरात

पुरोवाक्

ललित निबंध के प्रकरण में व्यक्तिव्यंजकता या आत्मव्यंजकता की भी चर्चा की जाती है।

सन् 1980-81के आसपास की बात होगी।

अपनी ढीली-ढाली चूर-गाँठ वाली पढ़ाई उत्तीर्ण करने के बाद सामने किसी चाकरी का प्रश्न मुँह बाए खड़ा था। उन दिनों के अखबारों में, "आवश्यकता है" का विज्ञापन देख/पढ़कर हर युवा की कामनाएँ अच्छे दिन आने के आगम से उड़-उड़कर आसमान में मड़रातीं। उतनी और वैसी खेती से छोटे कौरव कुल के कुटुम्ब का उदरम्भर असंभव था। इसी बीच भनक लगी कि गाँव से कोई 6-7 किमी. दूर एक दूसरे ही गाँव चिल्लाखोर में कोई दशक भर पहले खुली संस्कृत पाठशाला में कुछ गुंजाइश बन सकती है। इधर के गाँवों में, 'खोर' बहुत जुड़ा है; जैसे राजस्थान के शहरों में 'पुर' या 'गढ़'। मसलन चिल्लाखोर, दतुआखोर, सजनाखोर, मोहनाखोर, धौरूखोर अनुपाखोर आदि। और आसपास तो एक गाँव, 'खोरिया' भी है। पता नहीं किस न्याय से अवधी भोजपुरी में किसी नालायक लफंगे को 'अखोर' कहा जाता है। धीरे-धीरे खोरिया बहारा हो फलाने रामा- के लोकगीत से लगता है

कि खोर का आशय कोई गली मुहल्ला ही हो सकता है। लेकिन पवाँरा बढ़ाने की कोई ख़ास जरूरत नहीं।

कहना यह है कि उन्हीं दिनों बल्कि प्राक्कतन काल से ही इधर के जनपदों के कोने अँतरे में संचालित रहने वाली संस्कृत की पाठशालाएँ भी, "करतल भिक्षा तरुतल वास" के विन्यास से शिक्षा के क्षेत्र में अपनी तरह से अलख जगा रही थीं। भूदान से खुलीं और गाँव जवार के कुछ उदार और सक्षम लोगों द्वारा विद्यार्थियों को राशन पानी से लेकर बाक़ायदा नमक घी तक मुहैया कराने वाली ये पाठशालाएँ अपने आरंभिक दिनों में आश्रम व्यवस्था की तर्ज पर साँस लेती रहीं। इनमें पढ़ने पढ़ाने वाले लोगों ने स्वाधीनता आंदोलन के दिनों में विद्रोह और देशप्रेम से संबंधी साहित्य की संस्कृत में रचनाएँ कीं और घोर दुर्दिन में भी पीढ़ी-दर-पीढ़ी भाषा को बचाए रखा। इस ओर की ऐसी पाठशालाओं में अयोध्या बनारस से विधिवत् अधीत विद्वानों में से कुछ ने तो अपने गाँव घर लौटकर आसपास विद्या दान करना प्रारंभ कर दिया और जिनका वश चला वे बाहर निकलकर बड़े फलक पर विश्रुत हुए। ऐसे लोगों में मीमांसा के विख्यात विद्वान् एवं सम्पूर्णानन्द संस्कृत विश्वविद्यालय के पूर्व कुलपति रहे आचार्य बदरीनाथ शुक्ल, वहीं व्याकरण के विभागाध्यक्ष रहे आचार्य आद्याप्रसाद मिश्र, पं. उमाशंकर मिश्र आदि उल्लेखनीय हैं। कहा तो यहाँ तक जाता है कि इन संस्कृतज्ञों में कुछ लोग अपने छात्र जीवन में विषयों के स्मरणार्थ अपनी चुटिया को रस्सी से खपरैल घरों की धरन या कोरो में बाँध देते और झपकी आने पर जब शिखा में खिंचाव आता तो फिर उनिंद्र होकर पाठ करने लगते। गाँवों में संस्कृत के अध्ययन अध्यापन के लिए जिन्होंने अपना जीवन होम कर दिया वे वस्तुतः लोहे के चने ही चबाते रहे। अकूत प्रतिभासम्पन्न होते हुए भी गाँवों में अनेक ऐसे लोग होते जो संगीत और अन्य कलाओं में राष्ट्रीय फलक पर अपनी पहचान क़ायम करते किन्तु अपने देशकाल की सीमाओं की बाध्यता के चलते उस तरह सामने नहीं आ सके।

यहीं यह टाँक देना आवश्यक है कि हमारे ही समय में हमारी ही संस्कृत पाठशाला में अनगिनत बालक बालिकाओं ने, जिनमें पिछड़ी और अनुसूचित

जातियों से लेकर मुस्लिम छात्र-छात्राओं ने संस्थागत या व्यक्तिगत पढ़ाई करके आवश्यकतानुसार उपाधियाँ अर्जित कीं। एक बार तो हिन्दी के एक प्रतिष्ठित दलित लेखक ने अपनी पत्नी के इंटरमीडिएट में प्रवक्ता की नियुक्ति के संदर्भ में, "शास्त्री" की उपाधि हासिल करने के लिए व्यक्तिगत राय मशविरा भी किया था क्योंकि इंटर में हिन्दी प्रवक्ता के लिए स्नातक स्तर पर संस्कृत एक भाषा के रूप में अनिवार्य अर्हता थी। अब तो सारे लाभ लेकर लतियाने की नयी संस्कृति का विकास का हो चुका है। आपदा में अवसर की तलाश के मूलमन्त्र जगाए जा चुके हैं।

हर चीज़ की तरह गाँव-देहात में संस्कृत की भी कई धाराएँ थीं। एक स्तोत्रवादी, जिसमें स्तुतिप्रधान श्लोकों के रट्टू संस्कृत के पंडित माने जाते और कथावार्ता बाँचते जजमानी करते। एक परंपरा विवाह में, "मरजाद" के दिन शाम को, "शिष्टाचार" के नाम से बरती जाती, जिसमें कई मर्यादाएँ तार-तार होतीं और कन्या एवं वरपक्ष के सभाजीतू जिताऊ पंडित 'महाधोती, महापोथी पंडितं पगड़ी बड़ी' से पारिभाषित किए जाते। एक वे संस्कृत के 'गुरूजी' लोग थे जो संस्कृत के भसुर थे और शब्दों में अम् अः, सुन्ना बिन्दी लगाकर संस्कृतसंभवा भाषा सिद्ध करते रहते। उनके शब्दकोश में, 'अनुस्वार', 'विसर्ग' के लिए रेफ भर जगह न थी। एक आचार्य जी के बेमेल विवाह की एक लघुकथा इस प्रकार है। वे विख्यात विद्वान् थे, लेकिन कसक यह कि पण्डिताइन काला अक्षर भैंस बराबर। उन्होंने इस कलंक को मिटाने के ध्येय से पण्डिताइन को, "संस्कृत सम्भाषण कोर्स" कराना शुरू किया। पठ् से पठति माने पढ़ता है, गम् से गच्छति माने जाता है, अद्धक्षड़े से भक्षति, माने खाता है/खाती हूँ। आदि। पण्डिताइन स्वाध्याय में तल्लीन हो गईं। संयोग से पंडिज्जी को कहीं निकलना था। पण्डिताइन ने भीतर से किंवाड़ बंद किया। साग भात पकाया और फूल की थाली में परोसकर पहला कौर उठाने को थीं कि साँकल बजी। पंडिज्जी ही थे। पृच्छा हुई- "किम् करोषि?" पिट्टी पिट्ठा सम्भाषण हुआ- "सगै भतारं भक्षामि।" पंडिज्जी इस आशूत्तर से चकरा गए और उसी दिन से पाठ निषिद्ध।

तो इस जातक की आँखें ही एक तरह से घर के ही संस्कृत पाठशालामय संसार में खुलीं और पलकें मुलकाते हुए रोज़ी की तलाश में तुलसीदास संस्कृत विद्यालय चिल्लाखोर के भवन को त्रिभुवन का शिल्प मानकर निहारने लगीं। व्यवस्थापकजी अपने हाथों पाँच रोटियाँ सिद्ध कर उनमें से चार पा चुकने के बाद इकलौती को नित्य चौका बर्तन करने वाले जगदीश नाऊ का पेट भरने के लिए छोड़ चुके थे। और भोजन के उपरान्त भजन में अक्षमाला हिला रहे थे। वे थोड़ा बहुत मेरे पुस्तक प्रेम और पढ़ने लिखने छपने का सुराग पा जाने के नाते अपनत्व भी दर्शाते। फिर तो अपनी द्रवणशीलता और द्रविणशीलता के वशीभूत उन्होंने मुझे नियमित विद्यालय, 'आते जाते रहने' की स्वीकृति के साथ, महामना की उदारता का परिचय देते हुए 50/प्रतिमाह की अनुग्रह राशि भी अपने अक्षयकोष से रिलीज कर दिया। चाकरी की पहली पगार पाते ही बंदा आसमान में उड़ने लगा लेकिन, "चिड़िया कितनो उड़े अकास, दाना है धरती के पास" वाली लोककविता ने उसकी वल्गा खींची और मैं फिर साइकिल की सीट पर आ गया। लौटकर रास्ते में पड़ने वाले गाँव घर दीक्षापार को अनदेखा करता हुआ कोई 14-15 किमी. दूर मुण्डेरवा बाजार जाकर उतरा। इस मैराथन से सूखे होंठों की उपेक्षा करता, शीशों के पिंजरों में मडराती मक्खियों और बर्रे वाले जलपान गृहों को अत्यंत तिरस्कृत वाच्य से कोसता हुआ ठीक लोहे की दूकान के सामने अपनी साइकिल खड़ी की। हामिद के चिमटे की शिल्प संवेदना में उस पचासा से 20/खर्च करके उस चारामशीन के लिए गड़ासों की जोड़ी खरीदी, जिसके काठ का बेलन निकल जाने के कारण स्मृतिशेष लोहे की छड़ में, हाथ के घट्ठों और फफोलों से आत्मरक्षा के लिए जीर्ण शीर्ण कपड़ों से मरहमपट्टी की गई थी। गड़ासे घिसकर हसिया बन चुके थे और, "हसिया अपनी ही ओर झुकता है" जैसी लोकोक्ति के परिप्रेक्ष्य में गड़ासों की जोड़ी का नया संस्करण पाकर घर के हलवाहों की जोड़ी (एक हमारे बप्पा और दूसरे कबिलास महरा) को सरयूनहान जैसी तृप्ति हुई एवं ये गड़ासे फौरन दूसरे गाँव हल्लौर नगरा में मुई खाल की भट्ठी की साँस में, बिरछा लोहार के हवाले सान चढ़ाने को प्रस्तुत किए गए। इस अप्रस्तुतप्रशंसा का परिणाम अलंकार यह रहा कि रामकृष्ण

प्रकाशन विदिशा से छपे मेरे जोड़ी संग्रहों में से एक "चैत के बादल" पुश्तैनी हलवाहे कबिलास महरा को समर्पित हुआ और दूसरा निज तात और घर के दूसरे हलवाहे माईबप्पा दुर्गाप्रसाद हीरादेवी को। उपबंध यह कि किसी "साहित्यिक विभूति" को न समर्पित किये जाने के अभिशाप के मारे, लेकिन पाठकों के बीच अतिलोकप्रिय सिद्ध हुए ललित निबंध संग्रह "मिठउवा" के पुनर्प्रकाशन के बारे में सोच रहा हूँ तो मुझे कबिलास महरा और माईबप्पा बेतरह याद आ रहे हैं। मेरी आत्मव्यंजकता में व्यञ्जना की जगह विडम्बना ही विडम्बना है। लेकिन यह पवाँरा अभी अधूरा है। ....

संस्कृत पाठशाला चिल्लाखोर बस्ती का नामकरण व्यस्थापक जी की अन्तरात्मा की पुकार पर,"श्री तुलसीदास संस्कृत विद्यालय चिल्लाखोर, बरहुआ, बनकटी, बस्ती" हुआ। उस एककमरिया पाठशाला के विनिर्माण में गाँव के बेलदारों चमारों ने पूरी श्रद्धा और भक्ति के साथ श्रमदान की बेगारी की थी। गाँव में यह शिक्षायतन उन्हें रोमांचित करता था और व्यवस्थापक जी भावनाओं के दोहन में लगभग सिद्धपुरुष रहे। वे साहित्यरत्न, हिन्दी (एम.ए.) आदि थे। घोषित तौर पर अविवाहित, वैरागी, त्यागी इत्यादि के साथ रामचरितमानस के नियमित पारायणी, ऊपर से हिन्दी (साहित्य) में रुचि आदि के चलते, अमृतलाल नागर का, 'मानस का हंस' पढ़कर तुलसीमय हो जाने की प्रक्रिया में प्रेमी जीव हो चुके थे। वे, "चौकी की बात अलग और चौका की बात अलग" जैसी कहावतों का अक्षरशः पालन करते हुए स्वपाकी भी थे। वे खुद को साधु समाज की मूर्ती मानते। साधुसमाजविषयक लीलाओं के बारे में प्रचलित कथाओं में एक यह भी कही जाती है। ये बाल बच्चे किसके? ब्रह्मचारीजी के। ये धन दौलत किसकी? त्यागीजी की। ये कौन हल्ला कर रहा है? मौनी महराज। ये महन्थी किसकी? वैरागीजी की। महन्थ के तद्भव का सौन्दर्य भला महन्त? के तत्सम में कहाँ! व्यस्थापक जी के अमरत्व की कामनाओं को कोई अन्धा भी आज महाविद्यालय की उन 8×9 या 8×12 या ऐसे ही कक्षों की एक एक दीवार पर दो चार जगह मय नाम साहित्यरत्न,एम.ए.(हिन्दी) की योग्यताओं के साथ पढ़ सकता है।

वर्णवादी कही, सुनी और समझी जानेवाली इन संस्कृत पाठशालाओं के चार वर्ग थे। क, ख, ग और घ। जिन्हें कवर्ग, खवर्ग आदि कहा जाता रहा। उपाधियों के स्तर पर इनमें प्रथमा (जूनियर) से शुरू करके शास्त्री आचार्य पर्यन्त (स्नातक/परास्नातक) के पठन-पाठन, पाठोपपाठ का विधान है। उनमें भी वेदवेदांग, व्याकरण, ज्योतिष, साहित्य, न्याय, मीमांसा जैसे नाना अनुशासनों की कोटियाँ। हर पाठशाला में एक दो तीन शास्त्री आचार्य गुरू जी लोग और उनके मानदेय उन दिनों की दैनिक मजदूरी से भी नीचे। कुछ सरकारी कागज़ातों की हरकत से बाद में विद्यालयों के गुरूजी लोगों और संस्थाओं के रखरखाव के नाम पर व्यवस्थापक/प्रबंधक के मद में अनुदान जारी होने लगा, जिन्हें कार्यालयी भाषा में त्रैमासिक वेतन अनुदान और वार्षिक अनुरक्षण अनुदान कहा जाता रहा। तीन महीने पर मिलने वाला वेतन अनुदान कभी कभी गुरूजी लोगों को छः सात महीनों पर भी नसीब होता। पहले प्रबंधकजी लोगों के खातों में पहुँचता और पहुँचते पहुँचते गुरूजी लोगों तक कटकुटकर गड़रिया की लाठी बनकर आता। वर्ष भर के आय व्यय का निपटारा वित्तीय वर्ष के वासंतिक मार्च या आगे बढ़कर अप्रैल मई तक होता रहता। ख़ैर।

दो एक साल शीर्षासन करने के बाद रिक्त पद पर, "आवश्यकता है" वाला विज्ञापन निकाला गया। साक्षात्कार समिति में गोरखनाथ संस्कृत महाविद्यालय गोरखपुर के प्राचार्य आचार्य पूर्णचंद्र उपाध्याय, साङ्गवेद संस्कृत महाविद्यालय तामेश्वरनाथ देवरिया के प्राचार्य डॉ. शिवाकांत मिश्र आदि के साथ संपूर्णानंद संस्कृत विश्वविद्यालय के डॉ. श्री प्रसाद, जोकि मान्य बालसाहित्यकार रहे, भी एक विशेषज्ञ के रूप में आए थे और मेरे पढ़ने लिखने से परिचित थे। वहाँ इस तरह के परिचय से लोगों के बीच अपना टेंपो कुछ और हाई हुआ। रेटिंग बढ़ गई और विधिवत् नियुक्त हुआ। लेकिन कहते हैं- फलति कपालं श्रृणु भूपालं, न हि विद्या न हि बाहुबलम्। वैसे नियतिवादी मैं कभी नहीं रहा। और व्याकरणच्युत ये सूक्तियाँ मेरी नहीं जनभाषा की हैं।

खवर्ग की पाठशालाओं में लिपिक और भृत्य अनुमन्य नहीं थे। अतः कार्यालयी कागज पत्र का काम एक सहकर्मी अध्यापक देखते और जलाभिलाषी जलमाददानाम् की सेवा अध्ययनरत छात्रों से ही लेने की मजबूरी रहती। नियुक्ति के बाद अनुमोदन वगैरह के लिये संपूर्णानंद संस्कृत विश्वविद्यालय वाराणसी की भागदौड़ निजी तौर पर करनी थी और पनही टूटने तक करनी थी। और सच कहूँ तो चप्पल घिस जाने तक। वाराणसी में टिकने के लिए, विश्वविद्यालय से नातिदूर 10, विवेकानंद मार्ग, हिन्दी के जुझारू आलोचक, प्रमुख अनुवादक और जनवादी लेखक संघ के राष्ट्रीय अध्यक्ष चंद्रबली सिंह जी के आश्रम का बाथ अटैच्ड अगला कमरा अष्टभुजा के लिए सदैव खुला रहता। उस प्रांगण में चिड़ियों के पानार्थ, फुदकनार्थ और कंकड़ स्नानार्थ सीमेंट की बडी टंकी हमेशा पानी से लबालब रहती। कैक्टस की इतनी बहुरूपी प्रजातियाँ गमलों में उगाई गई थीं कि काँटे ही काँटे। मैं अपने गाँव की बाग में उगी नागफनी से मन ही मन उनकी तुलना करता तो वे इतनी बौनी लगतीं कि मुझे मन ही मन हँसी आती। ऐसे ही एक कैक्टस प्रेमी और धुर कामरेड कुलदीप नाथ शुक्ल के बस्ती घर पर भी वैसा ही नज़ारा देखकर मैं उनसे खूब चुहल करता। हम दोनों दूसरे गाँव के पट्टीदार और स्नेहबंध में ऐसे फँसे हैं कि मैं उन्हें "पालागी कामरेड" कहता हूँ तो वे खूब ठठाते हैं।

बनारस के महीनों द्राविण प्राणायाम के बाद अन्ततः अनुमोदन नामक 'नवजीवन पत्र' मिल ही गया। अष्टभुजा गुरूजी भी पाठशाला में गद्दी मसनद के हकदार बन गए। लेकिन कुत्ते को चमड़े के जूते की रखवाली सौंप देने के कर्मफल सभी जानते हैं। अपने स्वभाव से लाचार गुरूजी नवाचार पर उतारू हो गए और जीवन क्या जिया! अष्टभुजा गुरूजी अन्य गुरुजनों के क्रियाकलाप लक्ष्य करते रहते और कि सभी पिपासु (ज्ञान कम पानी अधिक) प्रायः सवर्ण छात्रों से ही पानी मँगाते। यहाँ तक कि आचार्य गयाप्रसाद प्रजापति 'अनुरागी जी' भी। जबकि कम से कम 40 प्रतिशत छात्र छात्राएं अनुसूचित जाति की थीं। वे साहित्याचार्य थे और चौकी पर हाथ पटककर

छात्रों से 'ध्वन्यालोक' का निर्वचन करते। माँ सरस्वती की असीम कृपा से कविता किए बिना रह नहीं पाते लेकिन उनकी प्रतिभा का विस्फोट वर्ष में दो अवसरों पर अवश्य होता। एक नववर्ष की शुभकामना के दिन, दूसरे वसंत पंचमी को। मतलब वे साल भर में कम से कम दो दिन के कवि थे। व्यस्थापक जी की कृपा से नियुक्त आचार्य गया प्रसाद जी के दो काम मुख्य थे। व्यस्थापक जी के उद्दीपन आलंबन को साइकिल के कैरियर पर चिल्लाखोर से मुण्डेरवा से गोरखपुर के आवासों तक जब तब ढोकर पहुँचाना और उनकी हर हाँ में हाँ मिलाना। फिर भी वे बहुत मजबूर, निश्छल और सरल थे। अपनी अवज्ञाओं को हमारे कानों से साझा करते।

यहाँ अब केवल अपने तत्कालीन प्राचार्य परशुराम ओझा का नामोल्लेख कर सकता हूँ जिनका एकमात्र गुण और योग्यता सुशील, सरल और विनम्र थी। तो अष्टभुजा गुरूजी ने एक दिन हद कर दी। अपने गाँव के निकट हल्लौर नगरा की एक छात्रा जो अनुसूचित जाति से थी और उत्तर मध्यमा द्वितीय वर्ष (इंटर फाइनल) में थी, से उसी सार्वजनिक गिलास में पानी लाने को कहा जिसमें अन्य गुरू जी लोग पीते थे। वह नल पर गयी। गिलास को ठीक से माँजकर पानी लेकर आने लगी तो सबकी निगाहें उस पर पड़ीं। आँखों ने आँखों से पंचायत करना शुरू दिया। जिनमें मेरे धर्मभ्रष्ट हो जाने की तकरीरें थीं। वह छात्रा भी मेरे इस आदेश से असहज महसूस कर रही थी क्योंकि आज तक हर गुरूजी ने अपनी, "जाति" की अब तक रक्षा की थी। वह भी, "ऊपर स्वर्ग नीचे गर्गगोत्रीय" सुकुलजी का ऐसा पतन! यहाँ तक कि पिछड़ी जाति को बिलांग करने वाले आचार्य गयाप्रसाद प्रजापति भी अभी तक इस मामले में अपनी "जाति" बचाते आए थे। धीरे धीरे अष्टभुजा गुरूजी ने अन्यों को विश्वास में लेकर समझाना शुरू किया कि भाई यहाँ का जो भी छात्र हमारा विद्यार्थी है, वह किसी जाति धर्म का हो, उसके हाथ का हम पानी क्यों नहीं पी सकते। मैं खुश हो सकता हूँ सोचकर कि धीरे-धीरे प्रत्येक अध्यापक बिना किसी ननु नच के ऐसा करने लगे। बेशक वही छात्रा अब बालविकास परियोजना में परियोजना अधिकारी है और जब भी मिलती है, उसी विनम्रता के साथ मतलब चरणस्पर्श वगैरह....

व्यवस्थापक जी के निर्देश पर आगामी वित्तीय वर्ष के वेतन अनुदान की प्रत्याशा के मद्देनज़र मुझे बैंक में खाता खुलवाना था। उसके पहले उन्होंने मुझे 100/प्रतिमाह की सहायता राशि देने का प्रस्ताव इस शर्त पर किया कि वेतन मिलने के बाद मैं उसे इकट्ठे उन्हें लौटा दूँगा। मैंने जाने क्या सोचकर उस प्रस्ताव को सीधे नामंज़ूर कर दिया और बोला कि वेतन मिलने तक जैसे तैसे अपना काम चला लूँगा। जब मैंने माँ को बताया कि वेतन मिलने की आशा बलवती हो गई है क्योंकि बैंक में खाता खुलवाने की नौबत आ चुकी है तो जाने किस थारू के खजाने से 20/का एक टटका लाल नोट उसने खाता खुलवाने के लिए मुझे दिया और अपने नौनिहाल के आगे निहाल हो गई। मार्च का महीना और कई महीनों के इकट्ठे पैसे(एरियर) मन ही मन गिन गिनकर माई पूत अच्छे दिन की कल्पनाओं में ऊभचूभ होने लगे। 31मार्च को जब ग्रांट मिलने का एलार्म बजा तो अन्य अध्यापकों के नाम आवंटित धन के बीच अष्टभुजा का नाम नदारद था। जैसे किसी ने तरकुल की पुलुई से नीचे धकेल दिया हो। खाता खुलवाने के लिए माई का दिया 20/का लाल नोट भारतीय स्टेट बैंक मुण्डेरवा में बीस रूपये से बढ़कर बीस रूपये शून्य पैसे तक नहीं हुआ और अपने अवमूल्यन से हम माई पूता की ओर देखकर रोने लगा। 31 मार्च जो हमारी आशाओं का दिनांक था, वह 1अप्रैल के मूर्ख दिवस में ढल चुका था। 31मार्च हमारे अतिविश्वास का कारण इसलिए भी था कि उन दिनों 'सहायक निरीक्षक संस्कृत पाठशालाएँ, गोरखपुर' एक स्वनामधन्य पाठक जी थे। पाठक जी कवर्गीय पाठशाला पंचायती संस्कृत महाविद्यालय मुण्डेरवा के प्राचार्य रह चुके थे और महाविद्यालय के उनके आवास में प्रायः हम लोगों का उठना बैठना, चाय पानी और विचार विमर्श होता रहता। इसके माध्यम थे उसी महाविद्यालय में साहित्य के विभागाध्यक्ष और हमारे इष्टमित्र योगेन्द्र पाण्डेय। बाद में जब मैं इस सिलसिले में पाठकजी से मिलने गोरखपुर गया और "आपके रहते हुए मेरे साथ यह कैसे हुआ" का उपालम्भ सुनाया तो उनका जवाब सुनकर धक्का लगा। उन्होंने कहा कि, "सुकुलजी आप पहले

से सचेत नहीं रहे इसलिए ठोकर लगना जरूरी था। जब तक आदमी ठोकर नहीं खाता तब तक सँभलता नहीं। आपके व्यवस्थापक जी तो बराबर यहाँ आते रहे लेकिन आपके वेतन की उन्होंने कोई चर्चा ही नहीं की।" मेरी मुट्ठियाँ बँध-बँधकर खुलतीं और पसीजती रहीं।

जनपद बस्ती इतना बड़ा था कि बाद में वह तीन जनपदों का धज बन सका। सिद्धार्थ नगर, संतकबीरनगर और बक़लमख़ुद बस्ती। अविभाजित जनपद बस्ती में संस्कृत माध्यम की अनेक पाठशालाएँ थीं। इनमें कुछ प्राचीन और कुछ अर्वाचीन। बाद में धड़ाधड़ खुलती गईं पाठशालाएँ समय की विद्रूप लीला में शामिल होने की गर्ज़ से खुलीं या खोली गईं। तुलसीदास संस्कृत विद्यालय चित्राखोर समय के आत्यंतिक दबाव में खुली पाठशाला थी जिसमें नियुक्त अध्यापकों में कोई ऐसा न था जिनसे कोई साहित्यिक जिज्ञासा, परामर्श, लिखना पढ़ना, विचार विमर्श और यहाँ तक कि शिष्ट परिहास भी संभव हो। एक सज्जन का उपनाम तो मैंने घोषित रूप से अशिष्टानंद रख दिया था। बाकी लोग गाँव घर के प्रपंच, वेतनमान, बचत, और डीए की फिक्र में निरंतर डूबे पक्के विद्यारिपु थे। विश्वामित्र का विच्छेद विश्व+अमित्र के रूप में करने वाले। इन अर्वाचीन खुलती पाठशालाओं की दशा और उनके उद्देश्य लगभग एक जैसे थे। जैसी तैसी नियुक्ति, और प्रबंधकों का व्यवसाय। व्यवस्थापकों/प्रबंधकों का गर काटने वाला अनुभव उन श्रमरत कर्मचारियों को खूब होगा जो ऐसी संस्थाओं में खटते रहते हैं। गरज़ यह कि मैं खुद ही लिखता, खुद ही पढ़ता, खुद ही संपादित करता और ख़ुद ही पत्रिकाओं में छप छपाने के लिए, रचनाएँ वापस करने हेतु माननीय संपादकों को टिकट लगे खाली लिफाफे के साथ डिस्पैच करता रहा। किसी किसी में ललित निबंध छपते किसी में कविताएँ और कुछ में भेली। बावजूद इसके उस विद्यालय की चाकरी करता हुआ अपने में ही ऊबा डूबा किसी समानधर्मा की खोज में निरत रहा। खोजते खोजते मिले मित्र योगेन्द्र पाण्डेय, जिनका उल्लेख पहले कर चुका हूँ।

योगेन्द्र जी अधीत, साहित्यिक, सुरुचिसम्पन्न और आत्मीय साबित हुए। हमारा साधारणीकरण हुआ और होते होते एक दिन हम दोनों उन्हीं की पाठशाला के नीम अँधेरे कमरे में किसी मोमबत्ती का कलेजा जलाते एक पैकेट नमकीन और एक शीशी 'मृत संजीवनी सुरा' का ढक्कन खोलकर पक्के सखा बन गए। तब मुण्डेरवा पाठशाला में तथाकथित पाठक जी से पहले व्याकरणाचार्य पं. जीतनारायण ओझा प्राचार्य थे। उनकी भाषा का संज्ञान पाठक इस रूप में प्राप्त कर सकते हैं- "बाबू, एक वृद्ध वृषभ था जो कल ही दिवंगत हो गया। उसी क्लेश में कल अनध्याय ही रहा।" ओझाजी का गाँव तेनुआ माफी (अब संत कबीर नगर)था और वह गाँव इधर, "छोटी काशी" के रूप में विख्यात है।

तो छोटी काशी तेनुआ में संस्कृत के अध्ययन अध्यापन की गौरवपूर्ण परंपरा अव्याहत रूप में चली रही है। वहाँ के आचार्य श्रद्धेय हरिशंकर ओझा जी अविस्मरणीय हैं। वे साङ्गवेद संस्कृत पाठशाला देवरिया (अब संतकबीरनगर) के प्राचार्य रहे। उन्होंने एक योग्य शिष्यमंडली का निर्माण किया और उनकी विद्या योग्यता भी दुर्लभ थी। पूर्वोक्त पं. बदरीनाथ शुक्ल ने उन्हीं के श्रीमुख से श्रीमद्भागवत कथा का रसपान करना समीचीन समझा था। उनके शिष्यों में हमारे अग्रज बुद्धिसागर शुक्ल के साथ आचार्य जियालाल चौधरी से लेकर आचार्य रामसुभग ओझा, पं. परमात्मा प्रसाद शास्त्री, आचार्य रामविलास द्विवेदी, मेरे श्वसुर रमापति पाण्डेय शास्त्री, हरिकृष्ण पाण्डेय, आचार्य पारसनाथ मिश्र और युवा पीढ़ी में व्याकरण के सुधी विद्वान् डॉ. हरिप्रसाद सिंह जैसे लोग उल्लेखनीय हैं। ओझा जी देवरिया पाठशाला के प्राचार्य थे और उनकी प्रत्येक विषय में, "अच्छी गति" थी। संस्कृत के परिसर में बोध, स्मृति और गहन अध्ययन के लिए अलग पद इस्तेमाल किए जाते हैं। जैसे अमुक प्रकरण उन्हें 'कंठ' है, या अमुक शास्त्र उन्हें 'लगा हुआ' है अथवा अमुक विषय में उनकी 'अच्छी गति' है। इत्यादि। व्याकरण और वैयाकरण जितने भी शुष्क माने जाते रहे हों लेकिन वही, 'शब्द प्रमाण' है। जिसे व्याकरण का बोध है उसके लिए कोई विषय दुर्बोध

नहीं। व्याकरण शब्द सिद्धि है और उसके बारे में तो यहाँ तक कहा गया है कि जो छात्र, 'अचीकमत', 'बर्बरी' और 'अजर्घा' की शब्द सिद्धि में भी अक्षम हों उन्हें कन्यादान ही नहीं करना चाहिए ---

अचीकमत न जानाति यो न जानाति बर्बरी
अजर्घा यो न जानाति तस्मै कन्या न दीयते।

बालकों के विषय में इन न्यूनतम अर्हताओं का यह अर्थ बिल्कुल नहीं कि बालिकाएँ अनपढ़ या अनभिज्ञ थीं। वे वैयाकरण भी थीं और दहपेल वैयाकरण। किसी सज्जन ने एकदा राह चलते किसी बालिका को टोका-

काचं मणिं काञ्चनमेकसूत्रे ग्रथनासि बाले! किमिदं विचित्रम्?

अर्थात् हे बालिके! तुम काँच, मणि, और कनक जैसी बहुमूल्य निर्मूल्य धातुओं को एक ही डोरे में पिरोकर जो हार गूँथ रही हो, क्या यह विचित्र नहीं है?

तो उस वैयाकरण विदुषी ने तत्काल पलटकर जवाब दिया-

विचारवान् पाणिनिरेकसूत्रे श्वानं युवानं मघवानमाह।

इसलिए यह स्रक् विचित्र नहीं है और है भी तो परमवैयाकरण महर्षि पाणिनि ने श्वान्, युवान् और मघवान् (इन्द्र) जैसे शब्दों को एक सूत्र में पिरोकर तो बहुत पहले ही यह विचित्र अनर्थ कर डाला है।

पुरानी संस्कृत पाठशालाओं में धानी बाजार (अब जनपद महराजगंज), मेहदावल, तामेश्वरनाथ देवरिया (अब जनपद संत कबीर नगर), बखरिया मिश्र, हँसैया, भिउरा, सुर्तीहट्टा (जनपद बस्ती) उल्लेखनीय थीं। घुमा फिराकर यही हमारे नालंदा, कैम्ब्रिज, एशियाटिक सोसायटी, जेएनयू, बीयचयू सब थे। मित्र योगेन्द्र पाण्डेय उसी सनातन धर्म संस्कृत पाठशाला मेहदावल (संत कबीर नगर) के स्नातक थे, जिस मेहदावल का उल्लेख भारतेन्दु हरिश्चन्द्र ने अपनी सरयूपार की यात्रा में किया है। उस पाठशाला के तत्कालीन प्राचार्य आचार्य रामराज त्रिपाठी थे। कहा जाता है कि वे फैजाबाद (अयोध्या) के खपराडीह से थे। उन्हें हाथी पर बैठाकर सम्मानपूर्वक वहाँ से इस पाठशाला

में अध्यापन के लिए आयत्त किया गया था। कद काठी में वामनावतार थे। पूजा पाठ में पाँच मिनट से अधिक का समय अपव्यय नहीं करते थे। माथे पर किसी चंदन के तिलक की जगह जल से ही अभिषेक कर लेते। संवाद और अध्यापन अवधी में करते। लेकिन विद्वता अगाध थी। वेदवेदाङ्ग, व्याकरण, ज्योतिष, साहित्य, पुराणेतिहास कोई भी विषय हो, स्नान के बाद चौकी पर बैठ जाते, आँख मूँदते, फिर कोई ग्रन्थ हो, कोई विषय हो, कोई प्रकरण हो, कोई कक्षा हो, नीचे बैठे छात्र पुस्तकें खोलकर बैठे रहते; गुरूजी पूछते- काव कहाँ से पढ़ै के है हो (क्या कहाँ से पढ़ना है)- और गुरूजी बिना पुस्तक पोथी के आरंभ हो जाते और तब तक पढ़ाते रहते जब तक दूसरे विषय एवं कक्षाओं के छात्र न आ जाते। इस कलियुग में सतयुग के लिए कोई जगह है या नहीं लेकिन सचमुच वे सतजुगी लोग थे। संस्कृत में एक पद है- शतावधानी- उसे कहते हैं जो सौ अश्वों की वल्गाएँ एक साथ साधने में सक्षम हो। विद्या के क्षेत्र में शतावधानी उसे कहते हैं जो सौ प्रश्नों के उत्तर एक साथ देने में समर्थ हो। इसी तरह अष्टावधानी का भी विधान है। हमारे समय में संस्कृत और फारसी के सुयोग्य अध्येता, संस्कृत के रचनाकार और दिल्ली में संस्कृत के प्रोफेसर डा. बलराम शुक्ल ने शतावधानिरचनासञ्चयनम् का तो संपादन ही कर डाला है। विशेष रूप से शतावधानी रा. गणेश को केन्द्र में रखकर। भारतीय संस्कृति के मूलगामी चिन्तक वागीश शुक्ल जी का भी अध्ययन, लेखन और जीवन उतना ही निराकांक्ष, दर्शनजीवी, निष्ठामूलक,विपुल और निरलंकृत है। तो उन्हीं रामराज त्रिपाठी जैसे निराकांक्ष विद्या साधक से दीक्षित योगेन्द्र पाण्डेय से हमारी मैत्री परवान चढ़ी और अनध्याय के दिन अर्थात् प्रतिपदा, अष्टमी आदि की तिथियों और अवकाश में (क्योंकि संस्कृत की परंपरा में इन तिथियों में अध्ययन अध्यापन, कभी शिष्य के लिए तो कभी गुरु के लिए सदोष माना जाता है) में मेरा अधिकांश समय संस्कृत पाठशाला मुण्डेरवा में बीतने लगा। योगेन्द्र जी के साथ साहित्यचर्चा,शास्त्रचर्चा, पाठ्यक्रमचर्चा आदि चल पड़ी और मेरे लेखन के अइउण् का साझा भी उनके साथ जारी रहा। कभी कभी चिल्लाखोर से चार बजे अवकाश के बाद सीधे मुण्डेरवा साइकिल से 11-12 किमी. रेल देता। शुरू में योगेंद्र जी भी, 'निर्मल' उपनाम

से गयाप्रसाद अनुरागी की भाँति कविता करते रहे लेकिन सचेत अध्ययन, काव्य विवेक और काव्यशास्त्रीय ग्रन्थों के आदेशानुसार उन्होंने शीघ्र ही सरस्वती को सताना छोड़ दिया। लेकिन विडम्बना यह कि बाद के दिनों में वे कर्मकाण्डीय जजमानी में ऐसे फँसे कि ऊर्णनाभि होकर रह गए। उनके इस डायवर्जन से मैं और अकेला महसूस करने लगा।

निरा आत्मविडम्बना बहुत खराब आत्मकथा बनकर रह जाती है और अतिव्यक्तिव्यञ्जकता बहुत खराब ललित निबंध बनकर।

ललित से मेरा परिचय संस्कृत के ही जरिए हुआ और यह वस्तुतः संस्कृत की ही संस्कृति का शब्द है। कलाओं में 'ललित कला' की देखादेखी ही हिन्दी निबंध में 'ललित निबंध' का पदबंध ईजाद किया गया। मुझे 'ललितं इति तन्मना:' 'गंधर्वा ललितं जगु:', 'ललित लवंगलता परिशीलन....' के साथ यह "ललिता सहस्र नाम" के जरिए भी मुझ तक पहुँचा तो पहुँचा।

ललिता मुझे एक और जगह भी सुनाई पड़ी। मेरे काका जगदंबिका प्रसाद शुक्ल कांस्टेबल थे और महराजगंज के सिसवा थाने में तैनात थे। जन्माष्टमी के दिन मैं वहीं था और जैसा कि इस देश का बच्चा बच्चा जानता है कि थानों में जन्माष्टमी का उत्सव बड़ी श्रद्धा और रोबदाब से मनाया जाता है। भजन कीर्तन खूब होता है। तो वहाँ एक पुलिस-भक्त ने एक कीर्तन शुरू किया, जिसके बोल कुछ इस तरह थे- "ललिता बन गई हैं कांस्टेबल, राधा पुलिस कप्तान, पकड़े गए कृष्ण भगवान....।" सच मानिए तब तक पुलिस विभाग में महिला सिपाहियों की भर्ती की कहीं दूर दूर तक चर्चा न थी। लेकिन ललिता और राधा की देहयष्टि पर वर्दी की कल्पना के लालित्य से मैं बहुत दिनों तक आवेशित रहा। फिर तो यह ललित संस्कृत के महाकवि दण्डी के पदलालित्य में मिला- "कुमारामाराभिरामा रामाद्यपौरुषारुषा भस्मीकृतारयोरयोपहसितसमीरणा रणाभियानेन यानेनाभ्युदयाकर्तुं..."। आदि पद पदार्थों में ध्वन्यात्मकता, यमकता, वर्णरम्यता आदि के चमत्कार ही प्रमुख थे और वे साहित्यिक भाषा के प्रसन्न दिन थे। ऊपर की अवधारणाओं को देखते हुए ललित का आशय उल्लास, प्रसन्नता, मुक्त मन, इत्यादि हो

सकते हैं और निबंध के शिल्प में प्रसन्न गद्य। संस्कृत में गद्य को कुछ इस तरह पारिभाषित किया गया है- वृत्तगंधोज्झितं गद्यम्। वृत्त अर्थात् छंदोमयता से मुक्त लेखन ही गद्य है। लेकिन हिन्दी में आकर गद्य के छंद की भी चर्चा होने लगी। यह उसके जीवन संग्राम की भाषा से किंचित् भिन्न परिभाषा थी। ललित निबंध के पुरोधा कहे जाने वाले आचार्य हजारी प्रसाद द्विवेदी ने तो 'देवदारु' की पत्तियों में भी एक छंद देखा तो देखा 'सुचरिता' के वेष विन्यास और चाल ढाल तक में छंद निरख लिया।

'ललित' को कुछ और शब्दयुग्मों से समझने की चेष्टा की जा सकती है। लालन-पालन और पालन-पोषण। शिशु का पालन उसे दुग्धपान, भोजन आदि देकर किया जाता है लेकिन उसी के साथ लालन भी जुड़ा रहता है। लालन में लल् है जिसका विस्तार लाड़ प्यार, चुमकार, दुलार, हेला हला आदि तक पहुँचता है और इसके द्वारा शिशु के मनोजगत का आह्लाद एवं भावव्यापार विकसित होता है। अर्थात् दैहिक विकास के साथ मनोविकास उतना ही आवश्यक है। यदि केवल पालन ही होता रहे और ठीक से लालन न हो तो शिशु 'ख़ासा मल्ल' तो बन सकता है, संवेदनशील मनुष्य नहीं। इसी लालन के नाते ही बच्चों को लाल लल्ला लल्ली आदि संबोधनों से अभिहित किया जाता है और लालन पालन मिलकर ही सच्चा पोषण कर सकते हैं। हर तरह के कुपोषण से बचाने बचने के लिए यह प्रक्रिया आवश्यक है। साहित्य में शिल्प कितना ही सुगठित और सधा हुआ क्यों न हो, यदि उसमें भावों-सम्वेदनाओं का समुचित निवेश न हो; विचारों, उपदेशों और तर्कों कुतर्कों के ही मजबूत कंकाल, मांसल मेदा, चर्बी और हरदम उबलने वाला रक्त ही हिलोरें मार रहा हो तो उसमें हृदयावर्जन की कूवत नहीं रह जाती। ललित निबंध में मुझे भावोल्लास और मन की मुक्त उड़ान; वेदनाविरेचन और आड़ी तिरछी भाषा की बेलौस प्रसन्नता बारम्बार आमंत्रित करती है। लेकिन यदि वह देशकाल से बेसुध, आत्मलीन और संस्कृत संस्कृति के नाम पर निरा जुगाली करती हो तो उसका उबाऊ विकर्षण केन्द्रापसारी ही बनाता है। साहित्य की किसी भी विधा को सायास नहीं बचाया जा सकता और न

ही किसी मरणासन्न विधा को किसी तकनीकी से संजीवनी दी जा सकती है। आज विधाओं में व्युत्क्रमणीय आवाज़ाही बढ़ी है। वास्तव में साहित्य के तत्व अथवा उसका रसायन ही किसी विधा को बचाता या नष्ट करता है। यहाँ तक कि कविता भी अपने गद्याग्रहों के चलते मात्र गद्यान्वय में अपघटित होती गई है। ऐसे में निबंधों का गद्याचार मुझे आकर्षित करता है और जब तब मैं 'ललित निबंध' में अपनी तरह से ऊभचूभ होता रहता हूँ।

एक बार मैंने मैंने अपने कुछ ललित निबंध पं.विद्यानिवास मिश्र जी को नजर ए इनायत करने की गर्ज़ से भेजा था। नवभारत टाइम्स के पैड पर उन्होंने प्रत्युत्तर देते हुए टिप्पणी की थी- "आपके निबंध मुझे बहुत अच्छे लेकिन शिल्प की दृष्टि से कुछ कच्चे लगे।" लिखने का शिल्प मुझसे आज तक नहीं सध सका। फिर मैंने एक निबंध 'टूटे फूटे शब्दों में' लिखा जो 'शब्दशिखर' में छपा। प्रभाकर श्रोत्रिय जी ने स्नेहवश तो यहाँ तक कहा कि मैं ललित निबंध लिखने के लिए ही बना हूँ। प्रकारान्तर से वे मेरी कविताओं से बहुत सहमत न थे। इसी प्रकार एक बार विश्वनाथ प्रसाद तिवारी कृपण (के उपसर्ग में आप प्रशंसा, शब्द, हँसी के साथ कुछ भी जोड़ने या कुछ न जोड़ने के लिए स्वतंत्र हैं) ने चलती ट्रेन से फोन किया और "कादंबिनी" में छपे मेरे निबंध की पीठ ठोंकते हुए प्रशंसा की। दर असल वह निबंध दीपावली विशेषांक के लिए लिखा गया था और उसे उस युवा कथाकार शशिभूषण द्विवेदी ने साग्रह माँगा था जो उस समय कादंबिनी से जुड़ा था और जिसने असमय ही अपनी जान गँवा दी। उसे याद करते हुए भी आँखें नम होती जा रही हैं। फिर अरुण कुमार जैमिनी ने भी कादंबिनी के कुछ विशेषांकों में मेरे ललित निबंध यथासम्मान प्रकाशित किए। चित्रा मुद्गलजी और पद्मा सचदेवजी से लेकर राजाराम भादू, कर्मेन्दु शिशिर से लेकर गोपाल प्रधान तक ने इनमें अपनी अभिरुचियाँ प्रकट कर इस दिशा में मेरे उत्साह को बरकरार रखा। आचार्य राधावल्लभ त्रिपाठी किसी के वक्तव्य या लिखे को 'बढ़िया' कह दें तो समझिए उसमें औरों की तुलना में सौ विशेषण निहित हैं। उन्होंने भी इन निबंधों को 'बढ़िया' कहकर मुझे गोदते रहने के लिए निरंतर प्रोत्साहित किया है। फिर भी यह कोई नामगिनाऊ प्रकरण नहीं है।

अनेक शारीरिक एवं मानसिक पापों में लिप्त 'सुकुलजी' हल से छूटते तो कुदाल पर विश्राम। मतलब पठन पाठन लेखन के संसार के बाद गाँव घर, खेती बारी,पशु परानी, बाग बगीचे, कुएँ पोखर, ऊसर दोमट, साँवर गोरिया आदि। सोने की झुमकी जैसे सरसों के फूल, टप्स जैसे अरहर के, तीसी के डॉयमंड जैसे। तेगों की तरह गन्ने की पत्तियाँ। नन्हें लट्टू जैसे तीसी के फलों के नचौने, घमौरी जैसे सावाँ के दाने,दीपावली में चाक चलाते कोंहार बीपत बाबा। आधे नाऊ आधे पंडित हल्लौर के बलराम। प्रतिरोध जैसे सरपत। सरपत के भीतर मृणाल जैसी मूँज। मूँज के भीतर उड्गन जैसे भूए। गड़ही में गाड़े गए सन पटसन के सड़े हुए बोझ। उनके करों से बटी जाती रस्सी। उसके सरकंडे को जलाकर सिगरेट के शिल्प में खींचे जाते खोंखारू कश। फिर उसी गड़ही में चमरौटी का मच्छरिमराव। धावधूप। चलनी सूप इत्यादि।

भारत की प्रतिष्ठा के दो आधार बताए जाते हैं। संस्कृत और संस्कृति। कटूक्ति यह कि संस्कृत को ही एकमात्र संस्कृति का आधार घोषित कर दिया जाता है। अर्थात् शास्त्रानुमोदित जीवन दर्शन और इकहरा चिंतन। जबकि भारतीय संस्कृति रूपी रजाई की फर्द में संस्कृत उपरल्ली है तो कृषि भितरल्ली। निश्चय ही उपरल्ली में अल्पना बहुत है जबकि भितरल्ली काफी धूसर। किन्तु भितरल्ली ही आधार भित्ति है और इन दोनों के बीच में ऊष्मोज्ज्वल तूल भरा है। संस्कृत में शास्त्र है तो कृषि में लोकजीवन। हमें यह स्मरण रहना ही चाहिए कि आश्रमों की अवधारणा में जिसकी केन्द्रीयता है वह है श्रम। हराम का निवाला और निरा निजी उदरपूर्ति करनेवाले हरामखोर माने गए हैं- केवलाघो भवति केवलादी(ऋग्वेद, दशम् मण्डल)। माने खुद पकाकर खुद खा लेने वाला पापी है।

श्रममूलक आश्रमों में 'गुरोराज्ञा गरीयसी' जैसी भावना काम करती। महाभारत के अनुसार ऋषि आयोदधौम्य के तीन शिष्यों में एक आरुणि पाञ्चाल देश का था। गुरु ने उसे खेती के काम में नियुक्त किया। क्यारी का मेड़ बार-बार कटकर बह जाने से हलकान वह उस पर लेटकर खुद ही मेड़ बनकर रात भर पड़ा रहा। परीक्षा में सफल हुआ। फिर सुबह गुरु के पुकारने पर वहाँ

से उठा तो उसका नया नामकरण हुआ उद्दालक। दूसरा शिष्य उपमन्यु गायों को चराने और उनकी रखवाली में नियुक्त हुआ और कठिन परीक्षा देकर उत्तीर्ण हुआ। आशय यह कि जीवन और लेखन में "रलयोरभेदः" के अनुरूप हल का 'हर' और कुदाल का 'कुदार' होता रहा। तत्सम में तद्भव फेंटकर कुछ कुछ छनता बनता रहा। पर सजाकर परोसने की कला आज तक नहीं आ सकी। ग्रामीण बल्कि लोकजीवन में खेती और पशुपालन दो मुख्य पेशे थे। कृषिप्रधान कहे जाने वाले देश की हकीकत यही है कि अचिर कोरोना जब चिर प्रवासी बनकर सबको अछूत बना चुका था और समूचा देश हाँफता हुआ हक्का बक्का ठप्प था तब खेती की ही अर्थव्यवस्था थी जिसने घटका लगे देश को पुनर्जीवित कर दिया था।

पशुपालन में गाय, भैंस, छगड़ी, सूअर मुख्य। गाय, गोधन, गोरस,गोबर प्रमुख। पता नहीं किस रसायन से ऋषियों ने 'मधुपर्क' और 'पञ्चगव्य' का विधान किया था। गाय और भैंस के बारे में बच्चों के बीच गाँवों में यह अवधारणा थी कि जो सो जाएगा उसकी गाय बछिया जनेगी और भैंस पँड़वा। अर्थात् खेती में बैल की केन्द्रीयता से बछड़े की कामना की जाती और दूध के लिए पँड़िया की। धीरे-धीरे सारे प्रतिमान बदल गए। जुताई के हल बैल अप्रासंगिक हो जाने से गाय से भी केवल दूध के लिए बछिया की कामना की जाने लगी और खेती में पूज्य, कृषक जीवन के आलंबन वही बछड़े अब आवारा छुट्टा पशु बनकर उसी खेती को चौपट कर रहे हैं। अन्त्येष्टि में, "वृषोत्सर्ग " होते, जिससे किसी बछड़े को चक्र त्रिशूल से दागकर सदा सदा के लिए बंधन मुक्त कर दिया जाता और वह कई गाँवों का राजा बनकर, साँड़ और ककुद्मान होकर खेतियाँ भी चरता तो भी कोई उसे मारता न था क्योंकि आगे चलकर वह जवार भर की गायों का गर्भाधान करता और गोवर्द्धन का नायक माना जाता।

गोबर भी गाँव के जनजीवन का एक केन्द्रीय तत्व रहा। उसी सोंधे गोबर से कथावार्ता में मिट्टी की फर्श लीपकर साफ और शुद्ध की जाती। उसी से गौरी गणेश बनते। बची हुई वही 'पवित्रता' घूरों पर निर्ममता से फेंक दी

जाती जो इकट्ठा होते होते खेतों में खाद के काम आती। दीपावली के एक दिन पहले नरक चतुर्दशी को घूर पर भी एक दीया जलाकर रख दिया जाता और जब तक उसका तेल जलकर ख़ुद न ख़त्म हो जाता तब तक कोई उसे छोड़ कर नहीं आता। देर होती तो हम बच्चे मुँह से फूँक मारकर उसे बुझा देते। तेल नीचे ढरकाकर घर आकर बताते कि चुक गया। उसी गोबर से कन्दुक की तरह "गोवर्धन" बनाकर सुखाया जाता और अनाज की राशि में 'अक्षय भण्डार' की कामना से डेहरी कुठिला में तब तक पड़ा रहता जब तक अगला फसल चक्र न आ जाता। दौंरी में अनाज खाए बैलों से उत्सर्जित उसी गोबर को सुखाकर हलवाहे मजूर दाने अलग करते और सत्रान्त तक मानी भर (16 किलो/सेई के परिमाप के बराबर) इकट्ठा करते और पीसकर खाते। सत्येन्द्र कुमार रघुवंशी ने इस वृत्तांत पर एक कविता भी लिखी थी। लेकिन वही गोबर जब पाशबद्ध पशुओं के खूँटों में बँधे पगहों में पोत दिया जाता तो दाँतों से पगहा छोर लेने के आदी पशु भी घिनाकर खूँटों को सूँघते तक नहीं। भला कोई भी सचेत अपनी विष्ठा को अपने मुँह लगाता है? चाहे पशु ही क्यों न हो। आज जब अपसांस्कृतिक उन्माद में गोरक्षा, गोवर्द्धन और जबर्दस्ती पवित्र बना दिये जा रहे गोबर मूत को खाने पीने बेचने खरीदने के अभियान चलाए जा रहे हों और मुँह में ठूँस देने के बलात् समाचार आ रहे हों तब अपनी इस उद्दाम भारतीयता पर क्रंदन के सिवा कुछ नहीं सूझता।

तो गाँव से चलकर गाँवों तक तय की जाती रही इस यात्रा में कविता से मन हटता तो निबंधों की ओर लपकता। इनमें ललित निबंध अधिक हृदयास्पद लगते और लालित्य के लक्षण भारतेन्दु से लेकर प्रताप नारायण मिश्र तक की क्वचिच्चुटीली भाषा में भी टुमकारते हुए प्रतीत होते। गाँवों की कटीली और लक्षणा व्यञ्जना भरी भाषा तो परितः विद्यमान थी ही। आचार्य रामचंद्र शुक्ल के गंभीर और संयत निबंधों में भी जहाँ तहाँ केंवाच की छीमी जैसे वाक्य अपनी बंकिमता से समाज को खुजलाते रहने के लिए और विद्रूपताओं की चमड़ी छील देने में कमतर न थे। आगे चलते चलते हिन्दी में 'व्यंग' भी एक विधा के रूप में मान्य हुआ। हमारे वरिष्ठ मित्र विजय बहादुर

सिंह विधाओं को भूगोल के आधार वर्गीकृत करत हुए कहते हैं कि व्यंग तो मुख्य रूप से मध्य प्रदेश का है जिसमें शरद जोशी, हरिशंकर परसाई, ज्ञान चतुर्वेदी जैसे मान्य लोग हैं, जबकि ललित निबंध मुख्य रूप से पूर्वांचल (पूर्वी उत्तर प्रदेश) की विधा है। इसके साथ वे हजारी प्रसाद द्विवेदी, विद्यानिवास मिश्र, कुबेरनाथ राय,कृष्णविहारी मिश्र, शिवप्रसाद सिंह जैसे नामों की झड़ी लगा देते हैं। इन्हीं 'दो पाटन के बीच में ' पढ़ते पढाते लिखते मुझे भी 'ललित निबंध' लिखने की लत लग गई और 'लागी नहीं छूटे राम...' की तर्ज पर कच्छप गति से जारी रही और है।

कोई मुझसे पूछे कि मेरे जीवन की मुख्य क्रिया क्या है? तो मैं बेधड़क कहूँगा- चलना। पैदल और साइकिल से अधिकतम चलना और आसपास बेसबब, चौतरफ़ा निहारते हुए चलना ही मेरी मुख्य क्रिया है। दीक्षापार से चिल्लाखोर से बनकटी से बरहुआ से मुण्डेरवा से बस्ती पैदल या साइकिल से चलते रहना ही कम से कम मेरे आधे जीवन का हिस्सा है। गाँव से 6-7 किलोमीटर दूर विद्यालय की परिक्रमा करते कोई 39-40 साल बीत गए। इसी मैराथन में दाहिने हाथ से साइकिल की मुठिया और बाएँ में कागज की अनगिनत पुस्तकें पढ़ी गईं। शरतचन्द्र, टैगोर, बंकिमचंद्र, आशापूर्णा देवी, अन्नपूर्णा देवी से लेकर, तुर्गनेव, टालस्टॉय, चेखव आदि आदि के कथासाहित्य। रास्ते के गाँवों- हल्लौर नगरा, चोलखरी, अमानाबाद, थाल्हापार, बरहुआ का बच्चा बच्चा पहचानता। कभी किसी खेत में अकेले गेहूँ, धान, चरी, गन्ने का बोझ सिर पर उठाने की कोशिश करता कोई आदमी दिख जाता तो बिना बुलाए साइकिल खड़ी कर बोझ उसके सिर पर रखवा देता। इस समानुभूति से लोग कृतज्ञता से भर जाते। ऊपर से दीक्षापार के सुकुलजी, चिल्लाखोर के गुरूजी का ऐसा स्वभाव! धन्य हैं, धिक्कार है। कभी कभी किसी मनोदशा में पैदल ही दाब देता तो रास्ते भर, 'बाबू क्यों पैदल', 'गुरूजी क्यों पैदल', 'सुकुलजी क्यों पैदल!' सफाई देते देते जीभ खिया जाती। यही जमाना शुरू हुआ था जब लोगों की औकात उनके वाहनों से नापी जाने लगी थी। और अब लोगों का सबसे प्रमुख परिचय उनकी कारों

की ब्रांड से दिया जाता है। एक दिन तो हद ही हो गई। एक सज्जन का युवा लड़का कार चलाता हुआ एक्सीडेंट से मर गया। दूसरे सज्जन बताने लगे कि उनके पास तीन कारें हैं। पहले वह दूसरी कारों से चलता था। संयोगवश उस दिन BMW ले गया था और एक्सीडेंट हो गया। उनके बताने में उस लड़के की मृत्यु का उतना शोक न था जितना कि उनकी कारों की नामावली बखान करने में। हमारा समय अतिशयोक्तियों का समय बना दिया गया है। पाप, पुण्य और पवित्रता की आनुप्रासिकता जोरों पर है। जनन और जन्म जैसी सहज क्रियाएँ भी अवतारों में घटित हो रही हैं। चमत्कारों और अनहोनियों के अंधविश्वास रोपे जा रहे हैं। चौंधियायी आँखें क्षारसूत्र को रक्षासूत्र पढ़ने लगी हैं। अभी तक मेरे मात्र दो ललित निबंध संग्रह प्रकाशित हो सके हैं। सन् 1999 में 'मिठउवा' और फिर सन् 2018 में आकर 'पानी पर पटकथा'। पहले की भूमिका शिवकुमार मिश्रजी ने लिखी, दूसरे की विश्वनाथ त्रिपाठी जी ने। लेकिन जाने कैसा नक्षत्र है कि 'मिठउवा' के प्रकाशन के कुछ ही वर्षों बाद 'रामकृष्ण प्रकाशन, विदिशा' टूट गया और 'पानी पर पटकथा' के प्रकाशन के दो एक वर्ष के भीतर ही 'भारतीय ज्ञानपीठ'। पानी पर पटकथा अब "वाणी" के अधीन है लेकिन 'मिठउवा' तभी से आउट आफ प्रिंट। यह इन निबंधों का सौभाग्य है कि हिन्दी के उदार और सहृदय पाठकों का अपरिमित स्नेह इन्हें प्राप्त हुआ है और इनके पुनर्प्रकाशन के उलाहने सुनते सुनते मैं थक चुका हूँ। यहाँ से दिल्ली भी कम दूर नहीं। लेकिन मुझे हार्दिक सन्तोष है कि, 'मिठउवा' संग्रह पाठकों के बीच बतियाने के लिए शीघ्र ही पुनः प्रस्तुत होने के लिए तैयार है। आपकी प्रतिक्रियाओं की सदैव प्रतीक्षा रहेगी।

-अष्टभुजा शुक्ल

तीन पानी तेरह गोड़

इधर पाँच सात महीने से अक्सर अतृप्ति घेरे रहती है। मन बहुत सुस्त रहता है। लगता है इसमें अनगिन गाँठें पड़ गई हैं जिन्हें खोलना बड़ा ही कठिन है। कितना ही किचकिचाकर, होंठ चबाकर, दाँत बैठाकर जोर लगाता हूँ कि कहीं से कुछ खिसकें। लेकिन ना! वे इतनी अकड़ू और ऐंठू हैं कि ढलाती ही नहीं, उल्टे कस उठती हैं। देह के किसी अंग में गठिया पकड़ी होती या चोट लगी होती तो अनुभूति होती कि यहाँ चिलकन है, वहाँ दर्द है, वहाँ सूजन है। वहाँ सेंकाई करता, दवाई खाता या महानारायण तेल लगाता और चंगा हो जाता! लेकिन मन की जकड़न की कोई दवा ही नहीं सूझती। पता ही नहीं चलता कि गाँठें कहाँ-कहाँ पड़ी हैं? एक अदृश्य रस्सी है। ऐंठी है, अरुझी है, भींगी है। गँठियायी है। किसी भी विधि से खुलती ही नहीं। विचित्र लाचारी है!

नहीं रहा पहले जैसा उमड़ता हुआ मन जिसमें गाँठ गुर्च पड़ने का कोई प्रश्न ही नहीं उठता, नहीं रहा पहले जैसा अन्तर्दबाव जो सारी जकड़न तोड़कर फनफनाकर आगे आ जाता; नहीं रही बेलगाम घोड़े जैसी तरुणाई जो न किसी के रोके रुकती और न कहे सुनती। कैसा तो सजा सजाया मन मिला था! कोई तनिक-सा छील दे तो छलछला जाए, जरा-सा खड़क जाय तो नींद उचट जाए, कोई स्वाभिमान छेड़ दे तो रुद्र हो जाए, कहीं अतिचार देख ले

तो हिंसक हो उठे, कहीं सौन्दर्य की झलक पा जाय तो मोहाविष्ट हो जाए। ठीक ऐसा ही कच्चा जैसा कि यह गन्ने का उगा, अँखुआया और पपड़ियाया खेत था। नहन्नी चला दो तो बीता भर धँस जाए। लेकिन आज जब तिबारा यही गन्ने का खेत गोड़ने भिड़ा हूँ तो प्रतीत हो रहा है कि ज़मीन कठुआ गई है। उतनी सहजकर्षी और भक्-भक् नहीं रही अब। बंजराहट बढ़ रही है। खर-पतवार उपज गये हैं। मोथे फनगने लगे हैं। दूब जकड़ ली है। कुदाल पहली बार की गोड़ाई जैसी निर्बाध नहीं चल पा रही है। चिलचिलाती हुई धूप का साम्राज्य ऊपर से है। थकान अलग से। परिश्रम कठिन करना पड़ रहा है। काम शयार नहीं हो रहा। मन रूआँसा हो गया है। सोचता हूँ अपनी इस पीड़ा को शब्द दूँ। मन की पस्ती को व्यंजित करने वाला कोई गीत ही गाऊँ-गुनगुनाऊँ। लेकिन वाका तो फूटती ही नहीं कि इसी विधा सन्तोष करूँ। अपनी व्यथा निबेरूँ। मन की गाँठें खोलूँ। मेरी अन्तर्ग्रन्थि की चाबी कहीं खो गई है। अटकल ही नहीं पाता हूँ कि किधर और कैसे घुमाऊँ। कहाँ से दाबूँ, कहाँ से छटकाऊँ? नाना कवियों की कविताएँ मन-ही-मन छान रहा हूँ कि कोई सन्दर्भगत पंक्ति मिल जाती तो गाकर हल्का हो लेता। मगर कुछ हाथ आये तब तो। ऐसी परिस्थिति में क्या करूँ? गोड़ रहा हूँ गन्ने का खेत और गीत गाऊँ फूलों को चूमते हुए मधु-मदालस भौरों वाला? जिससे मन बहक जाए। सुधि आ जाए प्रिया की और कुदाल उठाकर, अनगोड़ा खेत छोड़कर चल दूँ प्रेमालाप करने। गोंयड़े-गोंयड़े भैंस चरावै मेहरी कै टिकुली देखि देखि देख जाय! तब तो गोड़ा जा चुका गन्ना। पड़ा रह गया खेत! पूरा हो चुका काम। जय सियाराम।

सोचते-सोचते इस दुर्दिन में डूबते को तिनके के सहारे की तरह याद आये खेती-किसानी के कवि मौसमविज्ञानी घाघ। घाघ ने खेती का ताव-कुताव जाना है। मौसम का लक्षण और हवा का रुख़ तक पहचाना है। तड़की-भड़की देकर उड़ जाने वाले एवं ठहरकर मूसलाधार बरसने वाले बादलों का रंग वे चीन्हते हैं। बीज, खाद, पानी, खेत, गोरू-बछरू तक से उनका नाता है। खेती से जुड़े लोगों को उन्होंने आगाह और सावधान किया है। उन्हीं की एक पंक्ति याद आई जो गन्ने की गोड़ाई के सम्बन्ध में ही है- तीन पानी तेरह

गोड़, तब देखो गन्ने का पोर! अर्थात् सींचो तीन बार तो गोड़ो तेरह बार। यानी कि सिंचाई की चौगुनी गोड़ाई होनी चाहिए। तब उपजेगा बम्बइया लाठी छाप हथियाझुल्ल गन्ना। केवल सींचते रहने से, पानी पर पानी देते रहने से माटी सकठा जाएगी। पौधों की जड़ें भीतर-ही-भीतर सिकिया जाएँगी। मूलांकुर प्रसर नहीं पायेगा। प्रांकुर विकस नहीं पायेगा। गन्ना सरकंडा हो जाएगा। इसीलिए एक बार सींचो तो चार बार गोड़ो। माटी में माटी मिलाते रहो। ऊपर की माटी नीचे करते रहो और नीचे की ऊपर। इससे एक कण की उष्मा और नमी दूसरे कणों को मिलती रहेगी। धरती में गुनगुनाहट बनी रहेगी। नमी और उष्मा के अन्तर्द्वन्द्व से अँखुए बलबलाकर डंड़ियायेंगे। जो डॅड़िया चुके हैं वे रोआँ झार देंगे। इससे माटी भी सजी-सँवरी रहेगी और पौधे भी स्वस्थ एवं हरे भरे होंगे। खूब कल्ले फूटेंगे। गन्ने में डेढ़फुटे पोर होंगे। प्रचुर रस होगा। मुझ थके हुए में घाघ की इस पंक्ति ने संजीवनी का संचार कर दिया कि हारो मत! यह गर्मी सहकर भी यदि गोड़ ले गये तो अगली गर्मी सुख से बीतेगी। गन्ने के रस में गोरस मिलाकर जब छाँकोगे परिवार सहित तो पिछला सारा दुःख भूल जाएगा। आज का पसीना बहाना अकार नहीं जाएगा।

गन्ना गोड़ते हुए इस समय मेरे मन में अनेकों विचार उठ रहे हैं। इन उठते विचारों को लिपिबद्ध करने के लिए इस समय जहाँ मेरे हाथों में कलम होनी चाहिए वहाँ कुदाल है। और इस कुदाल से धरती के पन्नों पर जो लिख रहा हूँ उसे कौन बाँचेगा? है कोई इसका पाठक? कोई आलोचक? या कि धूप और बरसात लीप-पोतकर इसकी उत्कीर्णता मिटा देंगे? तो क्या करूँ? विचार को शब्द देने के लिए कुदाल छोड़कर कलम थाम लूँ? खेत अनगोड़ा छोड़ दूँ? व्यवहार में रहूँ कि सिद्धान्त में? कर सकता हूँ दोनों। गोड़ भी सकता हूँ। लिख भी सकता हूँ। गोडूँ कि लिखूँ? कवयामि? वयामि? यामि? जैसी आज्ञा। कविता करूँ कि बुनकरी कि देश छोड़ दूँ? वह तो भोज का राज था। जुलाहे को उजाड़कर पंडित को बसाने की चर्चा चली तो जुलाहा फरियाद लेकर स्वयं दरबार में उपस्थित हुआ और राजा के आगे जब श्लोक में ही अपनी याचिका दायर की तो भोज स्तब्ध। तुरन्त राजाज्ञा हुई कि जुलाहे को वहाँ से न हटाया जाय। पंडित को ही दूसरा पट्टा दे दिया जाय। भोज ठहरे कवियों, कलाकार का सम्मान करने वाले। कहीं जुलाहा प्लेटो के राज में होता और उसे भनक

मिल जाती कि कविता भी करता है तो तुरंत देशनिकाला का वारंट थमाकर कहता- बोरिया-बिस्तर बाँधकर फूट लो यहाँ से कविराज! इस राज में कवियों के लिए कोई स्थान नहीं। पर यहाँ तो जुलाहे तक चारुश्लोक की रचना कर सकते हैं। लेकिन मुख्य है अपना कर्म। तो मैं गोड़ाई और लिखाई के दोरस में पड़ा था। लेकिन फिलहाल गोड़ना अधिक आवश्यक लग रहा है निकाई-गोड़ाई का मुख्य उद्देश्य है- दूब खनते-खोदते रहना। खर-पतवार घास, मोथा बीनते-झारते-हलोरते रहना। यदि खुरपी या कुदाल या हल से घास् और दूब खनी-खोदी, झारी उखाड़ी, बीनी-चिखुरी नहीं गई तो उनकी जड़ें भीतर-ही-भीतर जलिया जाएँगी। तब उन्हें उच्छिन्न कर पाना बहुत ही कठिन होगा। पौधों को दिया जानेवाला खाद-पानी-उर्वरक नत्रजन सब यही खर-पतवार ही सोख लेंगे। जिन्हें मिलना चाहिए उन्हें नहीं मिलेगा। बिचौलिये बीच में ही डकार जाएँगे। फसल घाटा दे जाएगी। इसी से निकाई, गोड़ाई परमावश्यक है। केवल रोपना, लगाना, सजाना, सँवारना ही शृंगार नहीं है बल्कि खनना, खोदना, मिटाना, काटना, पोंछना, धोना भी प्रसाधन है। और इस प्रसाधन के लिए फसल के बीच से खर-पतवार निकलने चाहिए। उनके जड़ों की गाँठें खुलनी चाहिए। भीतर की गाँठें जितनी ही खुली होंगी उतने ही बड़े-बड़े पोरों की गाँठें गन्ने में बाहर पड़ेंगी। मैं भी तो अपने भीतर की गाँठें खोलना चाहता हूँ। बाहर-बाहर से जुड़ो मगर सीमा बाँध दो। बाहर ऐसी गाँठ गठियाओ कि बस वहीं तक। उसके आगे नहीं, उसके पीछे नहीं; उसके ऊपर नहीं, उसके नीचे नहीं। परंतु मन में कोई गाँठ नहीं होनी चाहिए। मुक्त मन निग्रहित तन। मन से न किसी से बँधो और न किसी को बाँधो। किंतु इसके प्रवेश द्वार पर निषेध की पट्टी मत लटकाओ। मन को सबके लिए खोल दो आओ, जाओ! घर तुम्हारा है। इनका है, उनका है, सबका है।

लेकिन भाई यह निकाई-गोड़ाई वाला काम थोड़ा महीन है। इसलिए खुरपी कुदाल जैसे खेती के हथियार ऐसे हाथों में होने चाहिए जिनमें पौधों और खर-पतवार में भेद करने की दृष्टि और आन्वीक्षिकी हो। जो गन्ने, मक्के और धान आदि की पुआरी पहचानते हों और मोथा-डौंरा भी चीन्हते हों। अन्यथा जो शौकिया मैदान में उतर पड़ते हैं एवं फसल तथा खर-पतवार का

अन्तर नहीं जानते वे या तो अपने हाथ-पाँव ही काट लेंगे या खर-पतवार को फसल समझकर छोड़ देंगे और फसल को खर-पतवार समझकर भुजुरिया डालेंगे। तब फसल की जगह घास काटनी पड़ेगी। फिर जुताई व्यर्थ जाएगी। खाद-पानी डाँड़ हो जाएगा। बीज और श्रम तक बर्बाद हो जाएगा। वैसे खर-पतवार और दूब-मोथा भी कम बेहया नहीं हैं। बार-बार खनो-खोदो पर ये मनुष्य की निषेधाज्ञा का उल्लंघन करके हर बार निकल आते हैं। खुरपी, कुदाल और फाल की मार भूल जाते हैं। तो इनकी भी कोई-न-कोई उपयोगिता तो होगी ही। न होती तो अलग से घास की खेती क्यों की जाती? लेकिन पौधों के बीच घास अनिच्छित है जबकि अलग से अभीष्ट। अनिच्छित और अभीष्ट में मात्र आत्मविपक्ष और आत्मपक्ष का भेद है। और आत्मविपक्ष इतना अनिवार्य पक्ष है कि वह अनचाहे भी बना रहता है।

हमें फसल उगानी हो या घास, सिंचाई दोनों के लिए आवश्यक है। आज जो गन्ने का खेत गोड़ रहा हूँ इसे तीन बार सींच चुका हूँ। तो क्या अन्तिम सिंचनी कर चुका? खेती के पण्डित घाघ तो यही कहते हैं- तीन पानी, तेरह गोड़। लेकिन वे भलीभाँति जानते हैं कि तीन बार सींच देने से ही गन्ने का पेट नहीं भर जाएगा? वे भी ठहरे गाँव देहात के निश्छल व्यक्ति। सोचा कि तीन बार अपने उद्यम से सींच देंगे तब तक आषाढ़ आ जाएगा। फिर चाहे कोई धान रोपे चाहे 'मेघदूत' की रचना करे। ऊपर केवल बादल होंगे नीचे केवल पानी। फिर गन्ने की सिंचाई की कैसी चिन्ता? परन्तु घाघ देख रहे हैं कि मौसम के बारे में उनका पूर्वानुमान गड़बड़ है। हवा के लक्षण ठीक नहीं हैं। ये चमकी-तड़की वाले बादल अविश्वसनीय और दगाबाज़ हैं। दिन में पहाड़ की तरह दिखाई देते हैं और रात को कपूर की तरह उड़ जाते हैं। इन्हीं के सहारे तो सीधे-सादे घाघ पूरी गृहस्थी खड़ी करने को सोचते हैं। किन्तु ये मोघी मेघ न बुनियाएँगे, न बरसेंगे। इन पर आश्रित रहने वाले किसान की सारी अर्थव्यवस्था ही ढह जाएगी। जिनका आगा देखने को मन नहीं करता उनका पीछा देखना पड़ेगा। अतः कवि को अपनी धारणा बदलनी पड़ी- दिन कै बद्दर रात निबद्दर, बहै पुरवैया झब्बर झब्बर; घाघ कहैं कुछ होनी होई, कुआँ कै पानी धोबी धोई। अर्थात् दिन में बादल होते हैं लेकिन पुरुवा के झोंकों से

वे रात में उड़ जाते हैं। ऐसे में ताल तलैया सब चटख जाएंगे। कपड़े धोने के लिए धोबी को कुएँ से पानी दुहना पड़ेगा। तो गोड़कर ही क्या करूँगा, जब फसल ही सूख जानी है?

पर दिष्ट्या यदि कभी बादल अंत तक साथ निभा दिये और प्रकृति ने लोगों की आह मारने का कलंक अपने माथे नहीं लिया एवं पृथ्वी धन-धान्य से परिपूर्ण हो गई तो इस शस्य-सम्पदा पर ललचाई आँखें मंडराने लगती हैं। प्रशंसा के पुल बाँध दिये जाते हैं। माटी में माटी मिला देने वाले कुदाल भाँजते हाथों का पेट बातों से भर दिया जाता है। कहा जाता है कि यह गन्ना, धान, गेहूँ, मक्का, बाजरा नहीं बल्कि बहुमूल्य रत्न हैं। लेकिन दुर्भाग्य यह कि मेरे इस देश की जो धरती सोना, चाँदी और हीरे मोती उगलती है उसका बाज़ार भाव इतना गिरा हुआ है कि वह माटी के मोल ही बिकने को अभिशप्त है। उसे दही-दही करके लेकर डगर-डगर घूमना पड़ता है। यहाँ का हर अच्छा उत्पादन निर्यात या बेचने-बिकने के लिए ही है। तब लहराकर झूमतीं अभिनम्र बालियों और गन्ने के श्यामल जंगल को देखकर जो आगम बाँधा जाता है वह घर आते-आते टूट जाता है।

अब मैं गन्ने का खेत गोड़ चुका हूँ। भीतर की गाँठें भी कुछ ढीली हुई लगती हैं। तो मैं भी अब कर्मजगत् से उपराम होकर कुछ समय के लिए भावजगत् में विचरण करना चाहता हूँ। कुदाल रखकर कलम उठाना चाहता हूँ। कुछ लिखना-पढ़ना चाहता हूँ। शुभचिन्तकों का सुझाव है कि कुछ लिखना-पढ़ना है तो यहाँ से नहीं हो सकता। महानगरों की शरण में जाना पड़ेगा। गाँव छोड़ देना होगा। उनके इस सुझाव और सौजन्य का हृदय से आभार मानते हुए भी एक उद्वेग बराबर कचोटता रहता है कि गाँवों को कैसे छोड़ दिया जाय? किसलिए छोड़ दिया जाय? वृद्ध पिताओं की हिलती मूड़ी पर गोबर का खेप उठाकर उन्हें तोड़ देने के लिए? भूसा बिकने पर सोने की झुलनी खरीदने का सपना देखने वाली नवेलियों की पीतल की भी नथ उतरवा देने के लिए? फाटक देकर हाटक माँगने वाले ठगों से गाँव को लुटवा देने के लिए? धरती को परती बना देने के लिए? फिलहाल अभी तो क्या होगा? ऐसा नहीं लगता कि गाँव छूट भी सकता है। आगे आगे जानें क्या होगा।

बाबू मोर कहवाँ गइलैं

पड़ोस की बढ़यावाली काकी विधवा हैं। एक तो वृद्धा, दूसरे गरीबी, तीसरे विधवा; कुल मिलाकर पास-पड़ोस के लोग उन्हें 'डाइन' कहते हैं। कुछ लोग टोनहिन मानते हैं। लेकिन अपनी दीनदशा में वे इतनी दयनीय लगती हैं मानो जग भर का अभिशाप झेलने के लिए प्रकृति ने किसी नौसिखुए शिल्पी की तरह किसी बड़े-से पत्थर में बेढंगी और अनगढ़ काट-छाँट करके कोई नारी-मूर्ति रच दी हो। पर कभी-कभी आनंदातिरेक में जब वे विभोर हो जाती हैं तो उनकी तरलता देखते ही बनती है। प्रायः उनका यह दूसरा रूप मैंने तब देखा है जब वे उबटन मलतीं और तेल घिसतीं अपने दस ग्यारह महीने के चिल्लाते नाती को चुपवाने के लिए भोजपुरी की यह लोरी गातीं, रोते नाती को हँसाने के लिए हँसतीं, चुटकी बजातीं, और उसकी दुधही दँतुली देखने के लिए अपनी बतीसी दिखातीं -

बाबू मोर, बाबू मोर कहवाँ गइलैं
बाँसबरेली विढ़वै गइलैं
माई के चीर, बहिन के सारी
फूआ के गुजराती सारी
बिरह मरै पितियानि बेचारी

का तू काकी विरह मरै लू?
तोहका देब अवध कै सारी
वह सारी में सोने कै झप्पा
पहिरै चाची देय असीस
बाबू जीयें लाख बरीस

उबटन मलमलकर काकी अपने नाती को हृष्ट-पुष्ट कर देना चाहती हैं। बाँसबरेली नामक किसी एक शहर का नाम भी उन्होंने सुन रखा है। वे ढिंढोरा पीट-पीटकर गाँव भर को यह समाचार बता देना चाहती हैं कि उनका नाती भी अब कमाने लायक हो जाएगा। उनका भी दुःख दूर हो जाएगा और जीवन में नया बिहान आयेगा। बाँसबरेली जाकर बाबू पहली कमाई से घर भर के लिए कपड़ों की सौगात लायेगा। ये कपड़े पद के लिहाज से होंगे। जो बिल्कुल सगे हैं उनके कपड़े कुछ सस्ते या हल्के होंगे तो भी चलताऊ है पर जो कुछ दूर के हैं उनके कपड़े अपेक्षाकृत ठीक और कुछ मँहगे होंगे ताकि उन्हें परायेपन का अमर्ष न हो। दादी माँ के लिए चीर चलेगी बिना किनारीवाली झाँझर धोती से भी उसका काम चल जाएगा। तन ही तो ढँकना है और वह अपनी सगी भी है। किसी से अपने नाती की निंदा नहीं करेगी। हाँ, बहन सगी भी है और उसके पहनने ओढ़ने का समय है इसलिए उसे चीर नहीं साड़ी ही ठीक पड़ेगी। भले ही थोड़ी सस्ती हो। पर बुआ तो पिताजी की बहन हैं, उनका पद सबसे ऊँचा है। परायी भी हैं और बड़ी भी। उनके लिए गुजराती साड़ी अच्छी रहेगी। सगों को तो हो गया। बचीं चाची। वे थोड़ी दूर की हैं। सोचेंगी कि मुझे पराया सोच लिया। गैर समझकर कुछ नहीं लाया। उन्हें अन्यथानुभूति होगी। इसलिए उन्हें सुनहली कढ़ाई की गई साड़ी होनी चाहिए सबसे कीमती। परायों को अपना बनाना चाहिए, अपने तो अपने होते ही हैं। पूरे परिवार को एक में बाँध रखने का कितना सुन्दर बोध था इस लोरी में! क्या कल्पना थी? बाबू कहाँ गया है? बाँसबरेली कमाने गया है।

और आज जब दस ग्यारह वर्ष बाद काकी को उसी लोरी की टेक से जोड़कर देखने की चेष्टा करता हूँ तो लगता है कि समय के साथ पंक्तियाँ भी

कितना अर्थ-परिवर्तन कर लेती हैं। काकी वही हैं। लोरी भी वही है। किंतु उनकी फटी-फटी पथराई आँखों से ढुलककर सूखे आँसुओं की धूसरित रेखा देखकर यही प्रतीत हो रहा है कि न तो वह काकी हैं और न ही वह लोरी रह गई है। जहाँ पहले लोरी गाते-गाते उनकी आँखों में उमड़ी भाव विह्वलता की चमक से यह अर्थ ध्वनित होता था कि क्या लोग जानते हैं मेरा लाला कहाँ गया है? वह बाँसबरेली कमाने गया है। वहीं उनकी आज की प्रश्नाकुल आँखों में यह सवाल उभर रहा है- बाबू मोर कहवाँ गइलैं? कहाँ गया मेरा नयनतारा? कौन हर ले गया मेरे चिरंजीव को? किस ठग ने मेरी नगरी लूट ली? किससे यह तुच्छ-सा सुख भी नहीं देखा गया? और कोई धन तो वैसे भी उसके पास नहीं था। अतः उसकी आँखें कंकड़-कंकड़ से पूछ रही हैं, पत्थर-पत्थर से पूछ रही हैं, पथिक-पथिक से पूछ रही हैं, चेतन अचेतन से पूछ रही हैं- कोई बताए, बाबू मोर कहवाँ गइलैं? कहाँ से कहाँ चला गया बाबू? पहले के उत्तर ही आज के प्रश्न बन गये हैं। और लगता है ये अभिशप्त और अनुत्तरित प्रश्न भारतीय लोकजीवन में लगातार परिशिष्ट की तरह नत्थी होते जा रहे हैं, लगता है यह पृच्छा लोकजीवन की भटकी हुई वत्सल की शेष चराचर की पृच्छा है जो पिंहिक-पिंहिककर बिलख रही है और अपना सर्वस्व अर्पित करके अपने रीतेपन पर पछता रही है। जिसमें मातृत्व की आह और विच्छिन्नप्रयाण सम्बन्धों की भयावह रिक्ति है। बाबू नाता तोड़कर चला गया। या तो निर्मोही था, या कहीं भटक गया। कोई जानता हो तो बता दे। वह पगला मुझसे क्यों रूठ गया? कोख से जन्मा था शत्रु क्या यही दिन दिखाने के लिए! दस साल पहले की लोरी दस साल बाद शोकगीत की कड़ी हो गई है। बाबू मोर, कहवाँ गइलैं? भेजते समय उसे बड़ी-बड़ी आशाएँ लेकर भेजी थी। वहाँ जाकर खूब कमाएगा। घर भर को ओढ़ाने भर को थान के थान कपड़े भेजेगा। सब अजाची हो जाएँगे। पर कपड़े तो कपड़े बहिन-बूआ-भाई-चाची के लिए लत्ते तक नहीं आये। एक पन्ना काग़ज़ में दो टोक लिखकर पालागी चिरंजीव नहीं भेजा। कुशल क्षेम पूछना तो दूर। बाबू बराबर याद आते रहे पर आये कभी नहीं। आने को कौन कहे इधर मुँह भी नहीं किया। अंत में बुआ, बहिन, चाची ने यह कहकर संतोष कर लिया

भइया जीयें, कुशल से काम। पर माई सुधि नहीं बिसरीं। हर आने-जाने वाले से पूछती रहीं- बाबू मोर, कहवाँ गइलैं?

अंततः मन की साधें मन में ही रह गईं। बाबू जहाँ गया वहाँ से लौटा ही नहीं। और इधर अवस्था यह है कि चीर में प्रतिदिन एक चकती बढ़ती ही जा रही है। बड़की सूई का मोटका धागा उछरता ही जा रहा है। निपूती चाची की धोती जगह-जगह से भसक रही है। सुनहले तारों से मढ़ी साड़ी पाने की कल्पना मात्र से खुश होकर उसने शतंजीव से बढ़कर प्रकाशवर्ष तक चिरंजीव होने का शुभाशीष दिया। अर्थात् बाहर जाकर बाबू ऐसे-ऐसे महनीय काम करेगा कि घर भर के मुँह चन्दन लग जाएगा। वहाँ से धीरोदात्त बनकर लौटेगा। जनसेवा, सदुद्यम और सबसे बढ़कर मनुष्य-मनुष्य के बीच सम्बन्धों को जोड़ने का ऐसा काम करेगा कि सन्नाम हो जाएगा। मानवता उसे युगों-युगों तक भजेगी, जपेगी और याद करेगी। इतिहास को मोड़ देगा। भूगोल को विस्तार देगा। घटे को बढ़ाएगा। बंद को खोलेगा। और जब घर की याद आयेगी तो वहाँ से दौड़ता हुआ आएगा। सबके चरण छुएगा। बुआ-चाची बहन के आशीर्वाद लेगा। और वे उसका गात छू-छूकर देखेंगी। अंग-अंग टोएँगी। माथ पर हाथ फेरेंगी। सहलाएँगी। उसकी वही बचपन की किलकती तस्वीर याद करेंगी। और सोचेंगी पूछेंगी- कैसे इतना बड़ा गढ़ तोड़ा मेरा प्राणप्यारा दुलारा? कवन भाँति लंकापति मारा? लेकिन बाबू ने गढ़ तोड़ने के बजाय गढ़ निर्मित किया। वनवास को रनिवास मान लिया। बाँसबरेली में बस गया। वहीं भव्य अट्टालिका खड़ी की। साधन संग्रहीत किया और पहुँचते-पहुँचते नाम कमाने के चक्कर में पड़ गया। आज का युग जल्दी-जल्दी नाम कमाने की यन्त्रणा को झेलते-झेलते कँधा रहा है। नाम पहले हो जाए काम बाद में देखा जाएगा। बिना काम के ही नाम हो जाए तो अति उत्तम। पूरा समय ही विभावना में जी रहा है। नेमप्लेट लगाने का समय है यह। पहले का व्यक्ति आत्मप्रचार से घबराता था। अपने कर्तृत्व का श्रेय भी दूसरों को सौंप देता था। किंतु आज इसका उल्टा है। आज का व्यक्ति नाम प्रकाशन के लिए दूसरों के कर्तृत्व का श्रेय स्वयं ले लेना चाहता है। शास्त्रोक्त मान्यता

यह थी कि अपना नाम, गुरु का नाम, पुत्र का नाम, भार्या का नाम और अतिकृपण का नाम लेना निषिद्ध है। पर आज? कनिष्ठिका पर अपना नाम। फिर पुत्र-कलत्र का नाम। यदि तिकड़म गड़बड़ा गया तो किसी नामी व्यक्ति को गुरु बना लिया और यदि इससे भी काम न बना तो झंडे, पंडे, गुंडे, और संडे से लेकर वन-डे का प्रबन्ध करके कोई ओलंपिक न्योध देंगे और नामी बन जाएँगे। अपने को मुखपृष्ठ पर रखने के लिए सौ उतायोग करेंगे।

भाड़ में जाय ऐसा नाम और नामी। काकी को अब नाम-गाम से कोई विशेष प्रयोजन नहीं है। उसे तो बस 'बाबू बाबू' की रट लगी है। मोहा रही है। कहती है- 'माई कै जियरा गाई कै, पुतवा कै जियरा कसाई कै।' मन बहुत पापी है। मानता ही नहीं। बाबू का मोह छूटता ही नहीं। ओबा माई के मुँह में जाओ! बाबू का मोह लेकर चाटो। मरो। जरो। विलपो। कँहरो। लत्ता झुलाओ और मोहाओ। अब किस तोड़ा की आशा बाँधी हो। लेकिन वास्तव में मोह, है कठिन चीज़। कोई लाख तर्क दे, असूया बतियाये, समझाए, फुसलाए लेकिन यह छूटता नहीं। कहने को व्यथा है, सुनने को हँसी है पर मन-ही-मन वह पीर पिरा रही है कि कोई क्या जाने? इस मोह को भुलाने के लिए काकी सनातन से एक भैंस पालती आ रही हैं। अबकी सोची थीं कि उनकी भैंस पँड़िया ब्यायेगी। एक धन तैयार हो जाएगा। किंतु संयोग से भैंस लोककामना-विरुद्ध पँड़वा जनी। कोई बात नहीं। उसी से सन्तोष था। मंगलवार को पैदा होने के कारण उसका नाम पड़ गया मंगलदीन। काकी का बाबू उसे 'मंगल भाई' कहकर बुलाता। वैसे लोक-मान्यता यह है कि मंगलवासरीय संतानें हृष्ट-पुष्ट-घौलर होती हैं पर मंगलदीन में न तो कोल्हू की मोटाई है न जाँत की चकराई, न महावीर का बल; उल्टे हिनहिनहा-पतला दुर्बल! इसीलिए मंगल के साथ 'दीन' जुड़ा होगा। नहीं तो 'सिंह' या 'विक्रम' या और कोई प्रत्यय जुड़ता। तो बाबू जब भी मंगल को बुलाता वह बाँय-बाँय करके कुलाँचता हुआ उसके पास आकर लुरियाता। गले में बँधी हुई अपनी घंटी टुनटुनाता। दरेरता और रगड़ता। बाबू तो बाबू जब गोबर काढ़ती या पछोरती या भुजिया चलाती और मन-ही-मन एक-एक सूत जोड़कर ताना-

बाना बुनती काकी की देह में भी कभी-कभी पहुँचकर मंगल अपना माथ रगड़ता या उनकी धोती ही मुँह में भरकर चबाता। उसी समय बाबू भी काकी के पास पहुँचकर किसी चीज के लिए हुनकने लगता तो काकी दुलराते मंगल और बाबू दोनों पर ही झल्ला पड़ती- अभागे, मर जाओ! उच्छिन्न हो जाओ! और जब अपने ही मुँह से निकले अभिशाप से उन्हें आत्मग्लानि होती तो ऐसा लगता मानो वह अपने लालों को नहीं, बल्कि उन अभावों को शाप दे रही हों कि यहाँ से कूच कर जाओ। क्या अपनी झुंझलाहट में वास्तव में काकी यही चाहती थीं कि मंगल और बाबू दोनों अँखमुन हो जायँ? उससे सदा-सदा के लिए दूर चले जायें? जब बाजश्रवस् दान देने लगे तो उन्हें पुत्रेषणा ने घेर लिया। पयस्विनी, पुष्ट और दुधारू गाएँ बचाकर वे ठठरियाई, बूढ़ी, सरगपताली, दुग्धदोहा और निरिन्द्रिय गाएँ दान देने लगे। नचिकेता ने सोचा कि पिताजी मुझसे मोहाविष्ट होने के नाते ही अपना आगम बिगाड़ रहे हैं। अतः जब इस मोह का कारण स्वरूप में ही न रहूँगा तो वे दिल खोलकर दान दे सकेंगे और अपयश तथा अगति से बच जाएँगे। इसलिए पूछा कि अच्छा पिताजी ये डुगडुगिया गाएँ तो आप दान में दे रहे हैं, यह बताइये मुझे किसको दान में देंगे?

स होवाच पितरं तत् कस्यै माम् दास्यसीति
द्वितीयं तृतीयं तम् होवाच -

एक बार पूछा तो पिताजी चुप, दुबारा पूछा तो भी चुप, तिबारा पूछा तो बाजश्रवस् का पारा चढ़ गया। इसी लड़दुलरे संतान के लिए ही तो इतना औन-पौन कर रहा हूँ और यही इतना कबोधन छाँट रहा है, पाजी कहीं का! उन्होंने सरोष कहा- मृत्युवे त्वां ददामीति- मैं तुम्हें मृत्यु को देता हूँ। पर क्या वास्तव में आत्मान्वेषी नचिकेता को वे अपनी आत्मा से मृत्यु के पास भेज देना चाहते थे? वे मोह नहीं छोड़ सके पर पुत्र उनका मोहभंग करके यमलोक चला गया। किंतु जो घटना घटती है उससे पिता समझता है कि मैं और पुत्र दोनों दुःखी हैं। जबकि पुत्र, पिता के वास्तविक सुख में ही अपना सुख विलीन कर देता है। पिता, पुत्र से मोहाविष्ट होकर उसका कल्याण चाहता है जबकि

पुत्र पिता से मोहाविष्ट होकर उसका कल्याण चाहता है। यही सन्तति का मोह है। नई पीढ़ी मोह को अज्ञान मानकर पुरानी पीढ़ी को मूढ़ मानती रहती है जबकि पुरानी पीढ़ी उसी में अपना सुख देखती है। लेकिन उस सुख में भी घुन लग जाए तो? काल्पनिक सुख की रुई में कहीं एक चिनगारी पड़ जाए तो? और काकी के साथ वही हुआ। उसका तो मानो संसार ही उजड़ गया है आज। उनके आगे मंगलदीन का शव पड़ा है, उत्तरमुँह। उसका जबड़ा विकृत हो गया है। दाँत बहिरा गये हैं। मुँह से झाग गिरने से जबड़े के नीचे की ज़मीन भीग गई है। मक्खियाँ भिनभिना रही हैं। उड़कर मक्खियाँ काकी के हाथ पर बैठकर काटती हैं। पर काकी खुजलाने के लिए भी हाथ पैर नहीं हिलातीं-डुलातीं। मृत्यु जीवन से अधिक महत्वपूर्ण हो उठी है! लेकिन न हरे बाँस कट रहे हैं और न कफन का प्रबन्ध हो रहा है। पास-पड़ोस की एकाध स्त्रियाँ आती हैं, कुछ देर खड़ी रहती हैं और बिना कोई सांत्वना दिये लौट जाती हैं। मंगल का शव गाड़ने के लिए उठाकर लोग चल देते हैं और उसकी अनबोलता माँ (भैंस) ओं-ओं चिल्ला रही है। काकी की पथराई आँखें जैसे अपने हेराये बाबू को हेर रही हैं- बाबू मोर कहवाँ गइलैं? यदि वे पढ़ी-लिखी होतीं तो सूचना एवं जनसम्पर्क विभाग के माध्यम से उसका सचित्र विज्ञापन करवा देतीं या आकाशवाणी और दूरदर्शन पे खोये हुए व्यक्तियों के सम्बन्ध में सूचनाएँ देने वाले कार्यक्रम में मंगलदीन को बेचकर प्रसारण करा देतीं किंतु बाबू जबसे सज्ञान हुआ तबसे उसका कोई चित्र भी नहीं है काकी के पास। है भी तो वही बचपनवाला चित्र ही उसके पास सहेजकर धरा है। लेकिन वह किस काम का? मैं सोचता हूँ कि इंद्र के ऐरावत को या यमराज के भैंसे को या महादुर्गा के सिंह को कुछ हुआ होता तो अब तक त्रिभुवन में हाहाकार मच गया होता। बेतार के तार से शोक सन्देशों का अम्बार लग जाता किंतु मंगल की मृत्यु का समाचार अभी तक टोले भर में भी नहीं फैल पाया है। अगर आप में से कोई बाँसबरेली जाये तो बाबू से भेंट करके यह समाचार उन तक पहुँचा दे। यही मेरी करबद्ध विनती है।

यह प्रालेय हलाहल नीर!

जिन कोविदों ने 'कामायनी' का एक-एक अक्षर धुना है उनमें से बहुतेरों ने इसके एक-एक सर्ग को अपना लिया। इनमें से कुछ कामविमोहित हो गये तो कुछ वासनासक्त; कुछ ईर्ष्यालु हो गये तो कुछ संघर्षीः कुछ कर्मठ तो कुछ स्वप्रदर्शी; कुछ रहस्यी तो कुछ आनंदविभोर। पर अपुन जैसे पल्लवग्राही बहुत पढ़े तो श्रद्धालु बन गये। नहीं तो उसी आशा-आशी में चिन्तातुर बने रहे। और चिन्ता में ही डूबे-डूबे अपने को वृहस्पति समझने लगे। पानी में पैर न पड़े और बड़का रोहू हमारा! गनीमत इतनी कि हमारी यह चिन्ता विगत महत्ता की चिन्ता नहीं है। सुरबालाओं के शृंगार लुट जाने की चिन्ता नहीं है, बल्कि यह चिन्ता विश्ववन में रेंगती ब्याली के फुफकार की है, भीषण ज्वालामुखी से प्रकम्पित दिग्दाह की है, मानव के बढ़ते दंभ और भोगसंग्रह से हो रहे उसके पतन की है। और जब यही सब हुआ था तब ऐसी आँधी आयी थी, ऐसी आग लगी थी और ऐसी बारिश हुई... ऐसी बारिश हुई कि प्रलय हो गया। जीवन का पर्याय जल, ज़हर बन गया-

यह प्रालेय हलाहल नीर!

जब बाढ़ और अकाल के विष आ जाने पर बहुत से लोग दूध का कुल्ला करते हैं तो इस दुनिया के जल-विप्लव में भी कभी घाटे में न रहने वाले लोग अनुचित लाभ उठाने से कभी नहीं चूकते। वह तो दुर्विपाक से कोई बचा ही नहीं। बचा भी तो एक हताश किंवा लगभग विक्षिप्त मन। खैर, जाने दीजिए यहाँ तो पानी को ज़हर मान लिया गया उसके अतिज्वार के कारण। एक बार तो वास्तव में ही विष उमड़ा था। तब की बात है जब किसी वासुकि अजगर को रस्सी बनाया गया था और मंदराचल को मथानी। अमृत के लोभ में देव और दनुजों ने मिलकर पारावार मथा था। थोड़ी देर के लिए अद्भुत साम्प्रदायिक सद्भाव छा गया था। लगता था पक्के श्रमजीवी यही हैं वेचारे। पक्ष-विपक्ष जो कभी एक-दूसरे को फूटी आँखों न सुहाते, इस मुद्दे पर प्रतीत होता था कि सहोदर हैं। क्योंकि लक्ष्य समान था- अमर हो जाने का, अनश्वर बनने का, स्थान खाली न करने का, अमृत पीने का। उनकी इसी महत्वाकांक्षा के विरुद्ध समुद्र-मंथन के क्रम में ऊर्ध्वपतन करता हरहराता हुआ विकराल हलाहल निकला, सबसे पहले। दम घुटने लगा। आँख-पाँख उलटने लगी। अगुआ लोग मुँह फेरकर उधर सरकने लगे। अब क्या करें? कहाँ का अमृत, कहाँ का समृत? देवताओं की कूटनीतिज्ञई और दैत्यों की घरबघ्घई दोनों काफूर। बुद्धिबल और लठिबल दोनों लाचार। गरल का उद्दाम आस्फालन उफान मार रहा है, भाग के कहाँ जाएँ? तुरन्त धर्म-संसद की आपात् बैठक हुई और पंचायत में सर्वसम्मति से निर्णय लिया गया कि चलो भूतनाथ के दरबार में। वहीं रोओ-रिरियाओ, 'दीनानाथ, कष्ट हरो देवा, ओइम् जय जगदीश हरे!' और सब के सब आस्तिक हो गये। वहाँ पहुँचकर मुँह पर तो आराधना होने लगी और पीठ पीछे खुसुर-पुसुर भी चलती रही- मान जाता भोलवा औघड़वा चिरौरी-विनती से, पी लेता यह कालकूट तो आई हुई मौत लौट जाती। लेकिन कहीं एक बार मूड़ी हिला दिया तो चाहे संसार भर गोड़धरिया करे, नहीं पसीजेगा। बड़ा झक्की है। पेड़ा-मिठाई छूता ही नहीं। हाथी-घोड़ा उसके मन ही नहीं भाता। लालच दिखाने से तो और भड़क उठता है। इससे जो जितना ही टेढ़ रहे, जितना ही ऐंठकर चले उतना ही प्रसन्न। कहता है, आदमी ठीक है, खरा और स्वाभिमानी है। झूठा स्तोत्र नहीं बाँचता। चारों और मत्था नहीं टेकता। भला बताइये, त्रिलोकीनाथ तो हमारे

साथ हैं और यह कैलाश के दो बिस्वा हिमाद्रि पर बड़का भूपति बनता है। पर आज तो जिन्दगी इसी के हाथ में है। मान गया तो एक ही साँस में सारा विष-चढ़ा लेगा- घट्घट्घट्घट्। किंतु शिव तो निंदास्तुति से परे ठहरे। प्रार्थना स्वीकार। हलाहल का अनुपान करने के पहले उन्होंने घोषणा की- **तस्मादिदं गरं भुञ्जे प्रजानाम् स्वस्तिरस्तु मे**- मैं इसी नाते इस विष का पान करता हूँ जिससे मेरी प्रजा का कल्याण हो। अर्थात् देव-दनुजों के आपसी खींचतान से जो विष निकला है उसकी रोकथाम के लिए मैं इसे पी लेता हूँ जिससे इसका कुप्रभाव जनता के बीच न फैलने पाये। मेरा इसमें कोई निजी स्वार्थ निहित नहीं है। पर शर्त यह कि इस विष को कंठ के नीचे नहीं उतारूँगा। इसलिए नहीं कि इसे पचा ही नहीं सकता बल्कि इसलिए कि इसकी मर्यादा ही घट जाएगी। दंभी सोचने लगेंगे, आग मूतो या पानी विष का भी कोई असर नहीं पड़नेवाला। लोग निरंकुश और निर्द्वन्द्व हो जाएँगे। अतः प्रजा के हितार्थ उन्होंने समूचा विष कंठस्थ कर लिया। किसी प्रकार संकट टला। फिर मंथन शुरू हुआ। बीच में बहुत कुछ निकला। धन-धन्वन्तरि, हाथी-घोड़ा। सब देवताओं ने हथिया लिया। दनुजों ने मुँह पर कहा, यह सब दरिद्रों को ले जाने दो। हमें तो केवल अमृत चाहिए, अमृत। और मन में सोचा, पीने दो घूँटभर अमृत तब बताएँ। आचमन भर को मिल जाय, बस। तुम्हारे विलास-जर्जर शरीर को तोड़कर रख देंगे। नील-नलिनों की सृष्टि करनेवाला सारा कटाक्ष निकाल लेंगे। अगर तुमने 'बुद्धिर्यस्य बलम् तस्य' पढ़ा है तो हम, 'शरीरमाद्यं खलु धर्मसाधनम्।' मंथन जोर-शोर से चलने लगा- और बोल के हइया! जोर लगा के भइया!

इस हालाहालं महोल्वणम् के उद्गार से एक भयंकर दुर्घटना को शंकर ने अनुशासित कर लिया। जय शंकर! यदि विगत महत्ता के प्रपंच में हम थोड़ी देर के लिए इस मिथक को मिथ्या भी मान लें तो ज़हर निकलने की ऐसी घटनाओं की कमी इस वर्तमान अर्थवत्ता के युग में भी नहीं है। हाल ही में इस महादेश में एक दिन मृत्यु का काला शासन चक्र ऐसे घूमा, ऐसे घूमा कि घर के घर श्मशान बन गए। घर के घर अंधे होकर एक-दूसरे को टोने-टकटोरने लगे। घर के घर अस्पताल बन गये। मध्यप्रदेश की हँसती गाती राजधानी

भोपाल पल भर में ही भयाक्रांत, विकलांग, अंधी-गूँगी, रोगी-दोखी और अभिशप्त लगने लगी। कोई समझ ही न पाया कि कैसे क्या हुआ? अखबारों के हाकर गुहार मचाने लगे- भोपाल में विषैली गैस का- तांडव हजारों काल-कवलित। इस पर सबके अलग-अलग तर्क। किंतु क्रूर मौत इतना अनुक्त, अनाहट कैसे आयी कि आपदा का पूर्वाभास ही नहीं हुआ? आखिर वह कौन-सा अजगरी निश्वास था जिसकी कटुता से मनुष्य पल भर में माछी की तरह पटपटाकर मर गया? वह कौन-सी कराल लपट थी जिसकी धुधुआती ज्वाला से पशु-पक्षी पुटुक गए? कैसे तीक्ष्ण वातावरण ने फलों के स्वाद को विषाक्त कर डाला? बीजों में विषाणु भर दिया? अन्न को क्रव्य बना दिया और पानी को ज़हर? किस अघ ने महानगर को रौरव में रूपान्तरित कर दिया?

यह सब कौन, कहाँ, कैसे, किसने कोई अनुत्तरित प्रश्नमाला नहीं, ज्ञात कारणों का ऐसा व्यूह है जिसके लिए उत्तरदायी प्रतिष्ठानों और श्रीमानों की भूमिका जगज़ाहिर है। यह विषैली गैस विधिवत् विष निर्माण करने वाले कारखाने से निकली। अमेरिका द्वारा अनुबंधित। भारत द्वारा अनुमोदित। प्रशासकों द्वारा अधोहस्ताक्षरित। लूटने वालों ने लूटा। डकारने वालों ने डकारा। बेचने वालों ने बेचा। खरीदने वालों ने खरीदा और मुफ़्त में मारा गया भोपाल। क्यों हुआ ऐसा प्रतिलोम? संयोग या लापरवाही या उपेक्षा या बात-बात में नन-नुच करने की प्रवृत्ति! या आदमी को भुनगा और जीवन को प्रजननोत्पन्न क्रिया की अनिच्छित परिणति मानने की सोच या साम्राज्यवादी विवांछा? या होनी? कैसे हुआ मौन! नाश! विध्वंस! अँधेरा! जैसे भी हुई हो यह दारुण त्रासदी लेकिन चाहे भोपाल का गैस रिसाव हो या बस्ती के रैपुरा का विषाक्त भोजन-कांड, ऐसी विषण्णता के पीछे एक न एक कुटिल सोच ज़रूर सक्रिय रहती है। जिसमें न्योते गये हजारों लोगों को भोजन में जहर दिया गया। जिनमें से एक तिहाई वहीं मर गये। बचे लोगों का वमन खाकर कौए, कोयल, तोते, चिरई चुरूंग मर गये। उन मरे हुए विहंगों को खाने वाले कुत्ते और सियार दूर-दूर तक डाँगर बने हुए पाये गये और इन सबके पीछे महारहस्य यह कि तत्कालीन जनप्रतिनिधि भी वहीं से जलपान-भोजन करके मोटरकार घरघराते हुए घर पधारे और उनका बाल तक बाँका न हुआ! तो

अपने यहाँ क्या कम ज़हर है मरने और मारने के लिए? तिस पर भी अमेरिका से आयात करना पड़ा। खुलवाया गया गरल का भट्ठा। निकली मिथाइल आइसो साइनाइड। बही विषैली हवा। फुफकारी जहरीली गैस। मरे हजारों लोग। मचा हाहाकार। छपे पत्रिका अख़बार। और सफल हुई राजनीति। शंकर ने जिस विष को पीकर पचाया वह समुद्रोत्पन्न द्रव-विष था। और द्रव का आयतन निश्चित होता है पर आकार नहीं। इससे वह प्रसरणशील था और उसका छिटका-छलका भी पड़ सकता था। मंथकों के अतिरिक्त आसपास के जनजीवन पर भी उसका थोड़ा बहुत प्रभाव पड़ता ही। किंतु भोपाल में रिसा ज़हर गैस-रूप में था। और गैस का न तो आकार निश्चित होता है और न ही आयतन। जहाँ तापमान बढ़ा, दबाव कम हुआ कि वह पात्र से परे और पकड़ से बाहर। भोपाल में जब गैस रिसी तो विषैली हवा चलने लगी। वैसे तो गर्म हवाएँ भी चलती हैं, ठण्डी हवाएँ भी चलती हैं, आँधी भी उठती है, चक्रवात-बवंडर भी आते हैं और इनकी पारस्थितिकी में जीने का अभ्यस्त आदमी इनके झोंकों-झकोरों को सहता और जीता भी है किंतु जब कभी क्षितिज के महापहिए में ठसाठस भरी विषैली हवा की छुच्छी खुल जाती है तो वह समूची जीवनधारा को दम-घोंटू और तहस-नहस कर देती है। तब हम केवल ज़हर से मरते ही नहीं बल्कि ज़हर में ही हमें जीना भी पड़ता है और उस ज़हर से मानवता की वंशावली अपंग, वापुरी, विक्षिप्त, वक्र, कानी-खोंतर, मिर्गीही, क्षयही और मुमूर्षु, होती जाती है एवं इसका कुप्रभाव व्यक्तिविशेष, समाजविशेष, क्षेत्रविशेष या देशविशेष से बढ़कर युगव्यापी हो जाता है।

अपनी पदार्थवादी पढ़ाई से मैंने यह निष्कर्ष निकालने की चेष्टा की कि ठोस, द्रव और गैस में जीवन के लिए सबसे घातक विष की गैसीय अवस्था ही है और बस में बैठे-बैठे साँस लेने के लिए ज्यों ही सिर ऊपर उठाया तो ड्राइवर के आगे लिखी पंक्ति देखकर चौंका शराब पीना विष से भी भयंकर है! यह लीजिए, मेरी तो पूरी फिलॉस्फी ही फेल हो गई। क्योंकि विषैली गैस से भी अधिक नाशी और नृशंस है मदिरा! मद! यह चेतावनी बस चालक के लिए लिखी थी कि विष से तो केवल वही मरेगा जिस पर उसका प्रभाव होगा

पर यदि वह मदोन्मत्त है, गर्व में चूर है तो उसका मन डाँवाडोल हो सकता है, बुद्धि विभ्रमित हो सकती है। उसे बड़ा छोटा दिखाई दे सकता है और छोटा, बड़ा। पेड़ तन्तुवत् प्रतीत हो सकता है और तन्तु, पहाड़। वास्तविक, आभासी लगने लगता है और आभासी, वास्तविक। धरातली से अधिक वह आकाशी हो जाता है। तब वह गाड़ी का चालक-परिचालक न होकर अपचालक हो जाता है। फिर वह उसे ले जाकर या तो किसी खाई-खड्ड में गिरा देता है या पेड़-चट्टान से टकरा देता है। आपात्काल में ब्रेक लगाना भूल जाता है। इसी से व्यवस्था की गाड़ी किन्हीं मदान्ध हाथों में नहीं होनी चाहिए। नहीं तो जिसके कुशल संचालन और बाहुबल के भरोसे परिवार के परिवार, बूढ़े, बच्चे, युवा और समाज निश्चिन्त होकर चलते हैं, जिसे कर देकर लोग गन्तव्य तक पहुँचना चाहते हों, जिसके हाथों में बागडोर हो, वही मदान्ध हो जाए तो उससे हुई दुर्घटना की भयावहता की कल्पना आसानी से की जा सकती है।

कहना यह चाहिए कि वातावरण को विषाक्त बनाने में मद की ही भूमिका प्रमुख होती है। किंतु 'विषस्य विषमौषधम्' के अनुसार ही विष से ही विष का परिहार भले होता हो पर 'मदस्य मदमौषधम्' को कभी भी मान्यता नहीं मिली। यह एक सच है कि लोहा, लोहे से ही कटता है पर उससे भी बड़ा सच यह है कि नमक से नमक कभी नहीं खाया जा सकता। अर्थात् स्वार्थी और उन्मादी कुटिलताएँ अवसरवादिता का जुज बैठाने के लिए थोड़ी देर को एक मंच पर एकमत हो सकती हैं किन्तु उनके संकीर्ण हित और अहंकार परस्पर टकराते हैं अवश्य। उनमें इतनी गाँठ होती है कि वे आत्मसात् कर एक-दूसरे को पचा नहीं सकतीं। पूर्णविलय और सच्ची एका केवल शुभैषी और अहेतुक विचारधाराओं में ही सम्भव है। उनके एकत्व में कहीं कोई टाँका, कोई सीयन, कोई बखिया या उभार दृष्टिगोचर नहीं होता। पर यदि हम ऐसे ही मदान्ध बने रहे तो बहुराष्ट्रीय कम्पनियाँ आयेंगी, पूँजी लगाएँगी, मुनाफा कमाएँगी और हमारी अन्त्येष्टि में शामिल होकर स्वदेश लौट जाएँगी। तब तक हम इतने अपंग हो चुके होंगे कि जाकर मौत का मुआवज़ा भी न ला पाएँगे।

इसी से मद का निरसन आवश्यक है, क्योंकि एक के भीतर स्थित मद बहुतों का नाश करता है। तो क्या मदराहित्य से विषधर्म ही समाप्त हो

जाएगा? नहीं। विष का तो पर्याय ही मृत्यु है और यह ध्रुव है। तो जीवनसत्य है कि मृत्युसत्य? विष से आगे और ऊपर कुछ है कि नहीं? है। वह है अमृत। अमरता का प्रतीक। मृत्योर् माऽमृतं गमय। किन्तु अमृत के निष्प्रपातन के पूर्व विष का अशेष अध्याहार हो जाना चाहिए। और विष के अध्याहार के लिए मद का निरसन हो जाना चाहिए। अमृत में आरोग्य भी है और मानसोपचार भी। पर अमृत से आज तक कोई अमर भले न हुआ हो, किंतु विष से मरनेवालों की संख्या कुछ कम नहीं रही है। कभी किसी को धारा के विरुद्ध बलात् विष पीने को बाध्य किया गया तो किसी को अपने प्रेम का मूल्य चुकाने के लिए विष की प्याली अपनानी पड़ी, कभी किसी ने भेद न उगलने के लिए पोटैशियम साइनाइड खा लिया तो किसी ने कलंक से बचने के कारण गरल को गले लगाया, कभी किसी ने कलह या असंतोष से ऊबकर सल्फास की गोलियाँ निगल लीं तो कितने विष के हवा, पानी और अन्न से मारे गये। तब अमृत क्या है? है कि नहीं? यदि है तो वह अपूर्णकाम मानव की सन्धानकामी चेतना का वह काल्पनिक तत्व है जिसे पाने के उद्योग में उसका प्रयाण निरन्तर जारी है। वह कहीं-न-कहीं अवश्य होगा और मानव कभी-न- कभी उसे अवश्य पायेगा, किंतु तब जब उसके भीतर अपने को अनश्वर मानने का दंभ न हो। नहीं तो पानी भी ज़हर हो जाएगा, हवा भी ज़हर हो जाएगी, अन्न भी ज़हर हो जाएगा और समूची मानवता में जहरवाद फैल जाएगा। साहित्यकार मनुष्य के भीतर स्थित मद एवं वातावरण में व्याप्त इसी विषाक्तता को अपनी चेतना की तुम्बी से अन्तरात्मा में पूरी सावधानी के साथ खींचता है। उसे खींचकर, उसकी कड़ुआहट को भीतर ही भीतर झेलते हुए, उसे अमृत में अपचित करके साहित्य में उड़ेलने की चेष्टा करता है। किंतु विष के जितने अंश की कटुता और तिलमिलाहट अमृत के रूप में अपचित नहीं हो पाती, उतनी कभी-कभी अपने मूलरूप में ही छलक पड़ती है। अतः एक सच्चे साहित्य और साहित्यकार की प्रासंगिकता कब नहीं रहती? क्या सचमुच वर्तमान अर्थवत्ता के कवि नहीं रहे वाल्मीकि? व्यास? कालिदास? शेक्सपीयर? कबीर? तुलसी? टैगोर? टालस्टाय? निराला? मुक्तिबोध? प्रसाद?

सदाबहार

आजकल कोटा की दूकानों पर जब राशन, मिट्टी के तेल एवं सस्ते कपड़ों आदि के लिए खड़े-खड़े लोगों की कमर दुःखने लगती है फिर भी बहुतों को खाली हाथ वापस लौट जाना पड़ता है तो जब कहीं सुख और दुःख का बँटवारा होता होगा तो कितनी भयंकर भीड़ होती होगी! सरसों छीट दो ऊपर तो नीचे न गिरे। आवंटन के समय सुख और दुःख को सामने रखकर जब जुटे हुए लोगों से पूछा जाता होगा- सुख लोगे कि दुःख? तो जिसका नाम लेकर पुकारा जाता होगा और वहीं वह क्यू में बीच में खड़ा हुआ होगा तो कितनों को झोंकता, ढकेलता और हाँफता हुआ आगे पहुँचकर फूलती साँस में त्रिवाचा लेकर बोला होगा- जी सरकार! सुख, सुख, सुख। ऐसी स्थिति में स्टोर के श्यामपट पर सुख के आगे 'नहीं' और दुःख के आगे 'सम्पूर्ण स्टाक सुरक्षित' लिखा मिलेगा। किन्तु मुझे लगता है कि यदि दुःख का एक भी गाहक कभी उधर से गुजरा होगा तो वह यही अकेला जीवधारी सदाबहार ही रहा होगा इस समूची सृष्टि में जिसकी माँग अप्रत्याशित रही होगी। जब उससे भी वही प्रश्न हुआ होगा- सुख चाहिए कि दुःख? तो अभागे ने ठोस आवाज़ में एक ही बार उत्तर दिया होगा- दुःख। ऐसा पहला प्रकरण आवंटकों के सामने आया होगा। सदाबहार को आपादमस्तक देखकर उनकी खोपड़ी सन्न

हो गयी होगी। कहाँ तो सारा संसार सुख लूटने के लिए टूट पड़ता है और यह सनकी कहाँ से आ धमका? स्क्रू कुछ ढीला तो नहीं? दुःख माँग रहा है! किन्तु सदाबहार का हठ। दुःख लेकर सीना तानकर संतुलित पैर धरता हुआ वह चला आया होगा। जिसको जो रुचेगा-पचेगा वही ले जाएगा। किसी के विस्मित-सस्मित होने से क्या होता है?

भरी सभा में दुःख माँगकर जब सदाबहार लौटा होगा तो उपस्थित जनसमूह ने सोचा होगा कि 'मीठ-मीठ गप्प, तीत तीत थू!' सुख के चाही तो सभी हैं परन्तु यह कौन-सा जीवात्मा है जो दुःख का चाही निकला? चलकर देखा जाय कैसे रहता है? अटकलें लगी होंगी। यह खाता होगा। वह पीता होगा। फटहा और आकाशवृत्तिहा होगा। अमुक से सम्बन्धित होगा। निस्पंद मुँह लटकाये पड़ा होगा। लेकिन वहाँ पहुँचने पर नज़ारा कुछ और ही मिला। चौहद्दी में सूर्य की जेठवैशाखी किरणें गनगनाती हुई जब कण-कण, तृण-तृण को दग्ध कर रही हैं, निदाघ की उग्रता से जब अहिमयूर-मृग-बाघ एक ही जगह अनापत्ति शरण पा रहे हैं, पवन भी घड़ी भर जब छाँह में बैठकर सुस्ताना चाह रहा है, केवल तोते, गन्ने, पेड़ और जुट्टे ही पृथ्वी के जीवित रहने का आभास दे रहे हैं, संसार जल रहा है, ऐसे में धूल से भठी पत्तियों और पोर-पोर में गझिन हरियाली का आह्लाद लिए हुए सामने के गड्ढे में एड़ी उठाकर ताकते हुए श्रीमान् ऐसे प्रसन्नचित्त दिखाई दे रहे हैं मानो अब हँसे कि तब हँसे। तभी तो हमारी ओर लोग इन्हें बेहया, बेशर्म आदि उपाधियों से अलंकृत करते हैं! लेकिन अन्तर्राष्ट्रीयता के इस युग में इन्हें क्षेत्रीय या राष्ट्रीय नाम देकर मैं अपनी संकीर्णता का इज़हार क्यों करूँ? इसीलिए सदाबहार-सदाबहार का जाप कर रहा हूँ। तो सदाबहार जी हैं चिरप्रसन्न- आठो याम, चौबिसों घंटा, बारहों छत्र। अभी-अभी दुःख लेकर लौटे हैं और जश्न मना रहे हैं।

प्रकृति को चुनौती देने लगे। जितना ही संताप मिलेगा हम उतना ही हँसेंगे। जब संसार में त्राहि-त्राहि मचेगी तब हम 'वाह-वाह' चिल्लाएँगे। सोल्लास झबराएँगे। हरित क्रांति लाएँगे। द्वेषियों, देख-देखकर जलो। और

अभी आगे सुनिए ज़रा इनकी अनहोनी कहानी ये ग्रीष्म में जो उखारबेंट हैं, हैं ही; उल्टे सरे सावन भरे भादों ज्यों-त्यों सम्पत्ति-सलिल बढ़ने लगा, ज्यों-ज्यों वनस्पतिजगत् हरा-भरा होने लगा त्यों-त्यों इन्हें पीलिया पकड़ने लगी। अपत्र होकर लगे ठठरियाने, सदाबहार जी। सुख इन्हें सूट ही नहीं करता। आवश्यकता से अधिक तो कदापि नहीं। विपन्न सम्पन्नता में जाने से मरने लगता है। जिसका जितना जतन, उसका उतना पतन। इसलिए इनकी महत्वाकांक्षा भी बहुत छोटी होती है। यदि प्रसन्न कुबेर उपस्थित होकर कहे 'वत्स! वरं ब्रूहि' तो वह अचकचा जाएगा। रहने के लिए किसी पेड़ की छाया, भोजन के नाम पर नमक-रोटी, बिछौने के लिए बोझ भर पुआल, पहनने के लिए कोपीन और नहाने-धोने के लिए रेह से अधिक नहीं माँग सकेगा। और कोई होता इनकी जगह तो दुनिया की सारी सुविधा माँग लेता। और एक ये हैं दरिद्रनारायण, सुख ही ज़हर लगता है। बड़ों का साथ तो कभी किये नहीं, धनिकों का वैभव और राजसी ठाठ तो कभी देखे नहीं तो तुम्हें किस नाम से विभूषित करूँ पगलेठराम! कहाँ से गढ़ूँ तुम्हारे हेतु शब्द? घमठाढ़े! हरियराहे! गड़हीपूत! या अधिक से अधिक वनमुर्गियों के आश्रय स्थल! छुतही गड़ही में जन्मे तो क्या तुम्हारा नाम नीरज, अभिराम, अमिताभ या अशोक पड़ेगा? फिर भी ऊढ़ जैसा पौधा और बन गये सदाबहार।

पानी बरसा तो इनका सारा समाज ही पियराने लगा जैसे इनके सभी मोहल्लों में महामारी फैल गई हो। सुख-बढ़ते ही सब सकसकाने लगे मानो दुनिया की विपत्ति इन्हीं के सिर पर आ पड़ी हो। अब क्या करें? कहाँ धँस जायँ? निचाट खन्दक पर या चटखी गड़ही में दनदनाती हुई लू के मलयागिरि में विश्राम करने के आदी कहाँ और कहाँ पानी की ठण्डी-ठण्डी सेज? कोई बादल इधर से लहरा गिराकर भिंगोता हुआ चला जा रहा है तो कोई उधर से छरका देकर सिहराता हुआ। गल्फस्ट्रीम की गर्मधाराओं का सेवन करनेवाले नैनीताल की हवा में कैसे जी पायेंगे? इसलिए पावस के चार महीने तो इनके दुर्दिन ही समझिए। लकवाग्रस्त पड़े रहे। शरद में कुछ सुधरे। वसन्त तक पूर्ण स्वस्थ हुए और फिर ग्रीष्म आई तो क्या पूछना? लाट साहब हो गये।

लेकिन समय पलटते तो देर नहीं लगती। फिर निष्ठुर परिवर्तन हुआ। बरसात हुई तो उसी गड्ढे में डूबे, टूटे, गिरे, सड़े और पटे! यही इनका सम्पूर्ण जीवन-वृत्तान्त है। प्रतिपल मृत्यु के गरलदंश से जीवन पर लग रहे प्रश्न चिन्हों को देखकर भी जिसकी जीने की चाह कम नहीं हुई है, अगियाती हुई लू के थपेड़े खाकर ही जो हँसमुख है और उसकी थैली में एक गाँठ प्याज तक नहीं है। जो बहुत सुख से घबड़ाने लगता है, जो प्रसिद्धिहीन और परिस्थिति विरुद्ध है, वह है सदाबहार!

इस परिस्थिति विरुद्ध साधारण से पौधे में न तो पाटल-सी अरुणाई है और न ही शीशम-सी दृढ़ताई, न तो यह किसी कुलीन वृक्ष की वंशावली का है और न ही किसी पहाड़ के ललाटपट्ट पर अभिषिक्त, न तो यह फर्नीचर बनाने के काम आ सकता है, न किसी वाटिका की शोभा बढ़ाने के, न तो इस पर किसी देवी-देवता का अनुग्रह है और न ही कोई सुगन्ध या चारुता: तब इनकी उपयोगिता क्या है? यही है इनकी उपयोगिता कि जहाँ भी कोई गड्ढा तैयार हुआ वहीं इनकी कोई शाखा प्रशाखा काटकर फेंक दी गई। बस जड़ पकड़ ली। लगे फनगने। बढ़ने लगी परिवारी। खूब बियासे और वहीं अपने जीवनेतिहास के अनुसार खपकर लगे गड्ढा उँचाने। पूरा गड्ढा पाटने में इनकी कई पीढ़ियाँ खप गईं तब कहीं समतलीकरण हो पाया एक गड्ढे का। इधर एक गड्ढा पटा नहीं कि दूसरा तैयार। किंतु इनका कोई नामलेवा नहीं। नामोल्लेख तो उनका होता है गैंगमेट की तरह जो पेड़ सदाबहारों की छाती पर पटे हुए गड्ढे के ऊपर तनकर खड़े होते हैं, विचारसूत्र उनके स्वीकृत होते हैं जो पृष्ठभूमि तैयार करने वालों के श्रम और त्याग को चूर-गाँठ बैठाकर अपने हित में उपयोग करने के लिए जाल रचते रहते हैं, मुखपृष्ठ पर अनायास वे छाये रहते हैं जो न तो किसी रात जागे होते हैं और न ही किसी दिन उपवास किये होते हैं। जो रिस-रिसकर किसी पृष्ठभूमि का निर्माण करते हैं उनका केवल इतिवृत्त बनता है, सिद्धान्त नहीं। यही जग की रीति है। बिना भूमि का विचार किये उगे और हाशिये पर सबसे पीछे खड़े सदाबहार जी के फूल-पत्तियों का भी कोई गाहक नहीं। फिर भी जैसे ये वनस्पतिजगत् की पंक्ति में अपने निर्गन्ध

फूल और पत्तियों समेत किसी न किसी के काम आने की वांछा लिये हुए, 'न मन्त्रम् नो यन्त्रम्... के भाव से सबसे पीछे खड़े रहते हैं। इसमें कभी प्रमाद नहीं किये, ग्रीष्म भर। जब तक दुःख का दावानल था तब तक शान से जिये किन्तु सुख का प्रपात पड़ते ही उसके भी विरुद्ध हो लिए। कुछ लोग ऐसे होते हैं जो दुःख से तो लड़ते ही हैं, सुख से भी लड़ते ही रहते हैं। सदाबहार जी की लड़ाई सुखवाद से है। इनके इस चरित्र को देखकर कुछ और ही धारणा बनानी पड़ती है। लगता है, जिजीविषा से भी बड़ी बात है विजिगीषा। हर हाल में किसी तरह जीते रहने से अच्छा है अपनी तरह से जीने और जीतने के प्रयत्न में मर जाना। प्रकारान्तर से, किसी तरह जीने और जीवित रहने एवं अपनी तरह से जीने के संकल्प में जो अन्तर है वही किसी के रहते हुए भी न रहने एवं न रहते हुए भी रहने का निर्धारक होता है। भले ही वह कहीं से उपजा और अपरिष्कृत हो। तो क्या अपनी सीढ़ी से किसी रामानंद के गुज़रने की प्रतीक्षा करते हुए, अदीक्षित एवं तहज़ीब के कोसों दूर ये सदाबहार चेतन, अमल, सहज और चिदंश नहीं हैं? क्या इनका जन्म और श्रम-साधना सब असिद्ध है? क्या इनकी कोई भावना-भक्ति नहीं? कोई अध्यात्म नहीं? कोई भौतिकता नहीं? कोई साहित्य नहीं? कोई विधि नहीं? सर्वत्र निषेध ही निषेध? विधि निषेधमय है तो केवल गड्ढे में। रहते हैं पर दिखाई नहीं देते अर्थात् देखने में न रहते हुए भी रहते हैं- अदर्शनम् लोपः- प्रसक्तस्यादर्शनम् लोपसंज्ञं स्यात्- ये वनस्पतिजगत् के व्याकरण हैं, शुष्क, नीरस और कठिन अष्टाध्यायी के सूत्र हैं। मेघदूत के मन्दाक्रान्ता नहीं। न रूप, न रस; न गुण, न गन्ध। बहुत चाह हो तो चम्मच भर हरापन या घोंघा भर पीलिमा इनसे ले सकते हैं। नहीं तो वही हरी-हरी चमड़ी और परत उधेड़ो तो सूखी हड्डियाँ। हाँ, पत्तियाँ हैं- कहने को तो नुकीली लेकिन बाईगॉड! छूइये तो कोई चुभन नहीं। उल्टे स्पर्श सुखद है। अब सोचता हूँ कि मैं तो ठहरा साहित्य का पिछलग्गा फिर यह वैयाकरणों की बात कहाँ से उठा लिया? आन डेहरी आन पिहान। पहले अपनी मुखगुहा की शल्यक्रिया कराओ तब व्याकरण या वैयाकरणों के सम्बन्ध में कुछ बोलो। लेकिन इसके लिए सिर्फ मैं ही दोषी नहीं। आजकल जो जिसका क्षेत्र है वह उसी को छोड़कर बाकी हर क्षेत्र की बात करता है; जो

जिसका कर्तव्य है उसी के अलावा हर काम करना चाहता है और करता है। दो काम तो इतने जनप्रिय और प्रतिबन्धरहित हैं कि कोई भी इनमें धड़ल्ले से प्रवेश ले सकता है और अल्पकाल में ही सारी विद्याएँ सीख सकता है। वे हैं साहित्य और राजनीति। थोड़ी बढ़ी दाढ़ी पहले साहित्य में सुहागा का काम करती थी, लेकिन जबसे इधर साहित्य में पागलपन घटा है बुद्धिमानी बढ़ी है और लोग 'स्वच्छता के प्रतीक' हो गये हैं, तबसे दाढ़ी पर राजनीति का ही एकाधिकार हो गया है। पहले साहित्य और सत्ता में हाड़-छुरी का वैर था। धीरे-धीरे वह राज्याश्रित हुआ। कालान्तर में दोनों ने हाथ मिलाया और अब तो परस्पर दाँतकटी रोटी है। साहित्य की राजनीति होती है और राजनीति का साहित्य होता है। मैं न राजनीतिज्ञ, न साहित्यकार! साहित्य का जूठन भले ही चाट लिया हूँ लेकिन उसका भोग लगाने का भाग्य तो कभी नहीं मिला। इसीसे अब तक जिन पेड़-पौधों, लताओं-वनस्पतियों, फूलों और पत्तियों के बारे में किताबों में पढ़ा हूँ, बज्रदेहाती होने के कारण उन्हें देख नहीं सका हूँ और जिन्हें बराबर अपने आसपास देखता रहा हूँ उनके बारे में मुश्किल से ही किसी अधीत साहित्य में पढ़ पाया हूँ। तो जो साहित्य के बाबू लोग हैं, दादा लोग हैं, मालिक मुख्तियार हैं- जो मालती से लेकर कैक्टस तक-जूही से लेकर रजनीगंधा तक फैले हुए हैं वे इस देहाती, नीरस, मरगिल्ले, व्याकरणविहित सदाबहार की चर्चा क्यों करें? भला बताइये, साहित्य में तो खुमारी है, अल्हड़पना है, छूट है। कुछ भी बकिये। रस है- शृंगार से लेकर वीभत्स तक, हास्य से लेकर रौद्र तक, शांत रस हो तो भी चलताऊ है। लेकिन सदाबहारजी, फीकापन कौन-सा रस है? तुम्हारा निठल्ला हरापन लेकर कोई चाटेगा? चले हैं वहाँ से हरापन दिखाने। सजनी, हमहूँ राजकुमार! मेरा नाम है सदाबहार! होगा तुम्हारा नाम सदाबहार-फदाबहार!

शिष्टाचार में लोग कहते हैं कि वाणी की शोभा ही व्याकरण से होती है। बोलो तो- व्याकरणसम्मत! और व्याकरण में, जो कुछ कहिए सच कहिए। सच के अतिरिक्त कुछ न कहिए। और अधिक-से-अधिक सच तभी कहा जा सकता है जब कम-से-कम बोला जाय। नये भाषाविदों की धारणा है कि

पहले साहित्य जन्मता है तब उसका व्याकरण (भाषाशास्त्र) निर्मित होता है पर पुराने पंडितों की स्थापना है कि व्याकरण का आधार ही ध्वनि है, स्फोट है। पहले स्फोट होगा, ध्वनि निष्क्रमित होगी। बाद में बनेगा शब्द, अर्थ, साहित्य-वाहित्य। गर्मियों में एड़ी से चोटी तक फूलों से कसे हुए वैयाकरणी सदाबहार को देखकर मुझे तो बराबर यही लगता है कि ये फूल नहीं बल्कि इनके रोम-रोम अंग-अंग, तार-तार से लगे हुए लाउडस्पीकर के भोंपे हैं। ये भी स्फोट करना चाहते हैं। अपनी आवाज़ बुलन्द करने का उच्चस्तरीय तामझाम और व्यापक प्रबन्ध किये हुए पूरे आवाज़महल लग रहे हैं। पर स्फोट बिल्कुल अस्फुट है। लाउडस्पीकर की बैट्री डाउन है। वाग्मी दिखाई देते हैं पर बोल नहीं पाते। इनकी विडम्बना यही है कि वाणी के सारे उपकरण लादे हुए भी कुछ कहने में असमर्थ हैं। सुमनप्रद हैं। यद्यपि सुमनप्रद कोरे वाग्विलासी होते हैं। पर ये अनबोलता कृती हैं। सुमनप्रद होते हुए भी फलप्रद हैं-परिणामप्रद हैं। करते हैं, कहते नहीं। करनी ही इनकी कथनी है। ये कर्मवाक् हैं, वाक्कर्म नहीं। और सदाबहार तो आरम्भ से ही मितभाषी है। जब अपने प्रारब्ध के निर्णायक क्षणों में बिना किसी भूमिका के ही वह एक शब्द 'दुःख' कह पाया तो एक हाथ ककड़ी का नौ हाथ बीज करने वाले साहित्य के शब्दाडम्बरी इसे मार-मारकर कितना भखायेंगे? और फिर व्याकरण पर कितना लिखा और बोला ही जा सकता है? कुल मिलाकर चौदह सूत्र। उसमें भी पाँच वार्तिक नत्थी करो तब भी आठवीं पंक्ति के घुटनों तक ही पहुँचना है। मैं देख रहा हूँ कि सामने जो गड्ढा था उसे सदाबहारों की अनगिन पीढ़ियाँ पाटकर धरातल के बराबर कर चुकी हैं। उनका मलवा कहीं नीचे पड़ा होगा। अब उस स्थान पर एक यूक्लिप्टस तना हुआ खड़ा है। वहाँ लगता ही नहीं कि कभी यहाँ सदाबहार नामक कोई पौधा भी रहा होगा। हाँ, उधर ईंट के भट्ठावाले गड्ढे की पेंदी में सदाबहार की एक जीती-जागती टहनी अलबत्ता दिखाई दे रही है, जो दूर से नहीं दिखती। कोई देखना चाहे तो गड्ढे के समीप जाकर देख सकता है।

मिठउवा

उतरहिया बाग में किनारे एक महाजंगैल पेड़ है। सहन और परम्परा के अनुसार बिल्कुल कोने में होने के कारण उसका नाम कोनहवा होना चाहिए लेकिन उसका नाम मिठउवा है। पहले पहल जब इसका आद्य कुसुमोत्सव आया होगा, फिर सरसों से झीन दानों से कसा होगा, फिर टिकोरों के झोप्पों में लटककर बढ़ा होगा, फिर गुठलियाया होगा, गुड़ौधा होगा और परिणामतः फल हुआ होगा तब की बात सोचिए! तब जब लोगों ने इसका पक्का चखा होगा, मीठ लगा होगा, तब नाम धराया होगा मिठउवा। इसके पहले तो यह अनाम ही रहा होगा क्योंकि पहली बार बौराने से पहले वह अमोला रहा होगा, फिर गाछ हुआ होगा। तब इसमें शाखाएँ-प्रशाखाएँ रही होंगी, लुभावने ललछहूँ सुकोमल पल्लव रहे होंगे, सूँड़ जैसा तना रहा होगा। न फूल न फल। लेकिन प्रथम कुसुमोत्सव से पहले यदि कोई नाम रहा भी होगा तो वह स्थिति के रूढ़ चौखट में मढ़ा हुआ या परम्परा के कटघरे से कढ़ा हुआ। जैसे कोनहवा। पर अब वह मिठउवा है। किसी ने पंचांग शोधकर इसका नामकरण संस्कार किया हो, ऐसी बात नहीं; इसके वानस्पतिक बीहड़पन पर रीझकर किसी ने इसे इस उपाधि से अलंकृत किया हो, ऐसी बात भी नहीं, इसकी मधुमिश्रित पत्तियाँ चाटकर वसन्तकाल में किसी संस्था या प्राधिकरण के प्रधान ने इसे इस मानद से विभूषित किया हो, ऐसी संभावना भी नहीं

अथवा किसी वनमंत्री ने इसकी वर्षगाँठ के शुभ अवसर पर फीता काटकर अपने उद्घाटन भाषण में इसे इस अभिधान का प्रमाण-पत्र थमा दिया हो; ऐसा तो बिल्कुल नहीं है।

कल तक का छिपा-दुबका और अनाम गाछ आज सन्नाम पेड़ बन गया है। नेपथ्य का कोनहवा मंच का मिठउवा है। किन्तु पूर्वचरित से उबरकर और उठकर उत्तरचरित तक आने की यात्रा का जितना खट्टा, मीठा, तीता अनुभव इस रूख को है उतना और किसी को क्या होगा? अपने को पुष्पित करने में आफलोदय उसे कितना आत्मपुंसवन और मनोमन्थन करना पड़ा है, इसे केवल वही जानता है। वाह्य-विसंगतियों का अन्तःसंघर्ष कैसा होता है, इसे केवल वही समझ पाया है। स्थिति और परम्परा की परिमित परिधि को तोड़कर स्वायत्त इयत्ता की विजिगीषा बराबर उसे बेचैन किये रहती। अपने को प्रतिफलित करने की छटपटाहट उसे कुरेदती रहती। धीरे-धीरे आत्मप्रसूति की पीड़ा को उसने भीतर-भीतर सहा। और जब पहली बार मंजरियाहिन-मंजरियाहिन होने लगे तो ज़मीन पर पाँव नहीं पड़ते रहे होंगे महोदय के! मारे आह्लाद के अंधे हो गये होंगे! अपने को बहुत सार्थक और धन्य अनुभव करने लगे होंगे। ऊपर से लोगों ने जब उसकी परम तृप्तिदायी मिठास को स्वीकृति दे दी होगी और कोई उसका दो पक्का पाने के लोभ में दिन भर उसके नीचे एक पाँव पर ठड़ा हुआ होगा तो उसे लगा होगा कि उसके अभिशप्त जीवन की दुरवधि अब बीत गई है। उससे भी अब लोग कुछ आशा करते हैं। वह भी कुछ देने योग्य बन गया है और जिस दिन से इसका पक्का लोगों के मुँहे लगा उसी दिन से इसका नाम पड़ गया मिठउवा! अतः जब गुण प्रधान हो जाते हैं तो लोग स्थिति और रूढ़-परम्परा को नकार देते हैं। जाति, लिंग, वय, वंश, सब अस्वीकृत होकर ओझल हो जाते हैं। पहले वाला नाम हाशिये पर चला जाता है और गुणानुवर्ती नाम स्वीकृत होकर फलक पर उभर आता है।

लोकप्रदत्त इस नाम को मिठउवा ने उसी भाव से प्रसाद समझकर शिरसा स्वीकारा है। उसे माथ से छुआकर कण्ठ के नीचे तक उतारा है। अपने अंतःकरण में पागा है! और जिस अपेक्षा से लोगों ने उसे इस नाम से अभिहित किया है उस विश्वास को अक्षुण्ण रखने के लिए और मृदुल मधुर होकर अपने को परोसा है। अब उसे नाम की लाज रखानी है। अपने को मीठा बनाए रखना है। चाहे पृथ्वी से लवण अवशोषित करके, चाहे नत्रजन। चाहे कार्बोहाइड्रेट खाकर, चाहे पानी पीकर। किन्तु इस विशाल पेड़ के अभी तक केवल दो ही नाम हुए। जबकि समय धरावै तीन नाम परसू, पुरुषोत्तम, परशुराम! तो मिठउवा भी इसका अपवाद नहीं है। लेकिन अपने सामने दूसरों को नीचा दिखाने की ठाननेवाले कुछ बन्तूटाइप वंचक जब इसका तीसरा नाम अदालत के अर्दली की तरह पुकारते हैं तो मुझे बहुत अड़बड़ लगता है। सुनकर मन होता है कि दो झापड़ लगाऊँ कनपटी पर और बत्तीसी नीचे आ जाय। क्या 'बजगजहवा-बजगजहवा' फचफचाते हो। बोलने नहीं आता तो चुप रहो महराज! और यदि नाम से बुलाने की बड़ी लालसा हो तो मिठउवा कहो। इसी बहाने उसके उस गुण का स्मरण करो जिसे उसने घोर घाम, हिम, वारि, बयारि सहकर, उपवासा अहका रहकर अर्जित किया है। उसकी उपलब्धि पर पानी फेर देना चाहते हो। इससे तो लाख गुना अच्छा था कि वह कोनहवा ही बना रहता। गुण और क्षमता न सही, अपने गोत्र और परम्परा से जुड़ा हुआ तो माना जाता। लेकिन हमारे कुतर्की बंधु तुरन्त अभियोजन ठोंक देंगे कि जब उसमें बरगद भी साझा है तो उसे बरगदहवा कहने से तुम्हारी छाती क्यों फटती है? तो क्या बताऊँ यार, कि मिठउवा को बरगदहवा कहने से मैं क्यों मुरझा जाता हूँ। इसलिए मुरझा जाता हूँ प्यारे क्योंकि किसी तरह मर-खपकर तो वह कोनहवा से मिठउवा बना और तुम उसे बरगदहवा कहकर उसका सहकारत्व ही समाप्त कर देना चाहते हो। महाभाग, मैं आपको किन शब्दों में बताऊँ कि नाम के इस घपले से कितना बड़ा अनर्थ होता है?

वैसे मिठउवा आगम-निगम-पुराण सबका प्रतीक बन सकता है। सनातन भारतीयार्य संस्कृति का धारावाहिक हो सकता है। कल्पतरु या अक्षयवट के रूप में कल्पित हो सकता है। उपमा या रूपक में बँध सकता है। पर मैं उसे खींच खींचकर रबड़ नहीं बनाना चाहता। वह केवल मेरे गाँव की बाग का सबसे झंखाड़ पेड़ है। और इसका पक्का तो पक्का कोयलाँसी इतनी मस्त होती है कि अनिर्वचनीय स्वाद! जिसे वनस्पति विज्ञानी या औद्यानिक फल में काले धब्बों का होना कोई संक्रामक मानते हैं। किन्तु धब्बे और धुँधलके ही तो गाँव की सही पहचान हैं। पद-पुरान ही तो गाँव की संस्कृति है। इन्हीं में उसका सम्पद्-विपद् है। होम-क्षेम है। हला-भला है। मोह-माया है और निखिल जीवन-रस है। और इसी रस और मिठास के नाते ही इस पेड़ का मिठउवा नाम है। आमों में आम है। किसी भी आश्रम से या फल अनुसन्धानशाला से या राजोद्यान से फल लाकर स्वाद में इसकी जोड़ी लगा दो तो मैं आपके चरण-चूम लूँगा नहीं तो आप मेरा नाक-कान चूम लेना! यद्यपि कि इस ऋतु में न तो इसमें मंजरियाँ हैं और न ही यह फला है तब लोग पूछ सकते हैं कि यह 'सावन फगुआ, चैत मल्हार' का सुर आकाशवाणी गोरखपुर के कार्यक्रमों की तरह क्यों अलाप रहे हो? मुखारी की बेला एक पेड़ का पचड़ा लेकर क्यों बैठ गये हो? एक अनगढ़ रूख से कैसा नाता है? काका-दादा-नाना-बाबा लगता है क्या? कि बस हाँके जा रहे हो!

तो सुनो सज्जनो! यह मिठउवा बाग का बाबा तो लगता ही है। और आज बाग के कोने में जुटती कुल्हाड़ियों और आरा-आरियों की खटर-पटर और लोगों की चुपचाप ऊपर-नीचे ताका-ताकी से लगता है कि कुछ गड़बड़ है। बाग के बाबा ही लोगों की आँखों में गड़ रहे हैं। आज शायद लोग उन्हें काटकर धराशायी करके ही छोड़ेंगे। इसीलिए उषाकाल में भी बाग कालरात्रि की भाँति भयानक लग रही है और बाग के अन्य पेड़ कातर दृष्टि से शोकसभा की तैयारी करते प्रतीत हो रहे हैं। अब इस बाग की अभिभावकी कौन करेगा? आज बाग बिना बाबा के हो जाएगी। और बाबा की कटाई का पैसा लोग

थाने में दे आये होंगे। इसलिए मैं या कोई चूँ-चपड़ नहीं कर सकता। एक कारण यह भी है कि वे मेरे सगे बाबा भी नहीं हैं। मेरे हिस्से में नहीं आते। जिनके सगे हैं वे चाहें उन्हें काटें या पीटें। जैसे चाहें वैसे रखें, क्योंकि उन पर उन्हीं का अधिकार है। तो मिठउवा जिनकी पैतृक सम्पत्ति है वे ही उसे कटवा रहे हैं। मैं इसमें क्या कर सकता हूँ? केवल बड़बड़ा सकता हूँ और बड़बड़ाऊँगा। क्योंकि मिठउवा के कटने की चिन्ता किसी व्यक्तिवादी सोच से उपजी कोई ग्रन्थिमूलक चिन्ता नहीं है, मिठउवा के कटने की चिन्ता उसके अनिर्वचनीय स्वाद से सदा के लिए वंचित हो जाने की चिन्ता नहीं है, मिठउवा के कटने की चिन्ता गगनविहारी ज्योतिषांमध्यचारी चिड़ियों के नीड़ निर्माण की चिन्ता नहीं है, बल्कि यह चिन्ता मेरी सोच में सहभागी उन अल्पसंख्य लोगों की सामूहिक चिन्ता है जो आज मिठउवा तो कल बाग के दूसरे पेड़ों की आसन्न कटान से मर्माहत हैं, यह चिन्ता नाना पेड़ों के नाना रूप-रंगवाले फलों की अधिष्ठात्री उस समूची बाग के उच्छिन्न हो जाने की है जिसकी अल्पना को उड़ाकर चितकबरा और विरंजन कर देने का षड्यन्त्र चल रहा है। यह चिन्ता उस छद्म की है जिससे नाना पेड़ों के नाना स्वादवाले फलों को नीरस और फीका बना देने का अभियान चला हुआ है। केवल मिठउवा ही नहीं बल्कि बाग में जितने भी पेड़ हैं उन सबके अलग-अलग नाम हैं- सेंदुरहवा है, गोलियहवा है, दहियहवा है. अँचरहवा है, करियवा है, अमिलहवा है, कैराहवा है, चौरहरा है और सबका बाप मिठउवा तो है ही। इनमें से सबका शरीर सौष्ठव भी अलग-अलग है कोई राम तनेन हो गया है तो कोई झब्बर, कोई सरगपताली तो कोई झंखाड़, कोई सर्रहा तो कोई छतनार; कोई साधू तो कोई संन्यासी, कोई गुल तो कोई गुलजार। इनमें से किसी के फल गोल हैं तो किसी के चिपटे; किसी के शुकनासिक तो किसी के सौतिहे; किसी के बड़े तो किसी के छोटे, किसी के चोंपिहे तो किसी के मोटे। इनमें से सबों का रूप-रंग ही नहीं बल्कि उनके पक्कों के रस और स्वाद भी मिन्न-भिन्न हैं। किसी का रस पतला है तो किसी का गाढ़ा। किसी में गूदा अधिक है तो किसी में रेशे। किसी

का पना बना तो किसी का अमावट। और स्वाद? जितने पेड़ उतने स्वाद। एक का स्वाद कुछ और, दूसरे का कुछ और। और इस भेद को केवल वही जान सकता है जिसने इन देसी पेड़ों के पक्कों का स्वाद अपनी चीभ से चखा हो। बोतलों में बंद 'माजा' का गारा उसे स्वादरहित लगेगा। एक बार कहीं बाहर फिराक गोरखपुरी से कुछ लोगों ने पूछा, आपको किसका फल सबसे अच्छा लगता है? वे बोले, आम। फिर पूछा आम के बाद कौन फल? वे फिर बोले, आम। तिबारा पूछा, अरे साहब माना कि आम आपको बहुत अच्छा लगता है लेकिन आम के अलावा? वे फिर बोले, आम। और उन्होंने स्पष्ट किया कि हमारे यहाँ आम के जितने पेड़ हैं, सबके स्वाद पृथक् पृथक् हैं इसलिए आम का विकल्प केवल आम ही हो सकता है।

पर अब फलों के रस और उनके स्वादों की विभिन्नता को नष्ट करने के अभियान आरम्भ हो चुके हैं। विविधता को अदृश्य करने के कार्यक्रम तैयार किये गये हैं। योजनाएँ चल चुकी हैं। इस साजिश का पहला शिकार बाग का सिरमौर मिठउवा हो रहा है। कल यही कहर सेंदुरहवा पर बरपेगा, परसों गोलियहवा पर, नरसों सर्रहवा पर और धीरे-धीरे देसी पेड़ों की अशेष परम्परा पर होगा यही कुठाराघात। किन्तु चूँकि यह सब बड़ी बुद्धिमानी से हो रहा है अतः उठी हुई तर्जनी को तोड़ने के लिए और प्रश्नों की बौछार से बचने के लिए भी आवश्यक उपाय कर लिये गये हैं। इन देसी पेड़ों की जगह अब कलमी पौधों के ऐसे उद्यान लगेंगे जिसमें एक ही आकार-प्रकार के पौधे होंगे। एक ही प्रजाति, एक ही नस्ल और एक ही वर्ग के पौधे होंगे। इनमें से प्रत्येक के फलों का रंग एक समान होगा- कच्चे पर हरा और पकने पर पीला। इसके अतिरिक्त किसी तीसरे की गुंजाइश नहीं। इनमें से प्रत्येक के फलों का स्वाद एक ही होगा- कच्चे पर खट्टा और पकने पर मीठा। इसके अतिरिक्त कोई स्वाद नहीं। अब इन्हें फल आने तक नाम अर्जित करने में भी प्रतीक्षा नहीं करनी है। आत्मपुंसवन करके पहचान बनाने का अभिशाप नहीं झेलना है। पहले सधा-सधाया नाम और तमगा ले लो, बाद में देखा जाएगा।

दशहरी बाबू हैं, सर सफेदा जी हैं, माननीय गौरजीत जी हैं, कपुरी साहब हैं, चीनी प्रसाद हैं। और एक उद्यान के सभी पौधों के वर्गवाची नाम हैं- इस सिरे से उस सिरे तक एक ही किस्म। देसी पेड़ों की बाग की तरह एक-एक पेड़ के व्यक्तिवाची नाम नहीं हैं और न ही बड़े पेड़ों के प्रांशुलभ्य फलों की भाँति इनके लिए लग्गी उठानी है। बिना एड़ी उठाए ही हर ठिगना और बावना हाथ लपकाकर इनके फलों को पा जाएगा। एवं इसकी व्याख्या कर दी जाएगी कि व्यक्तिवाद की भावना से ऊपर उठकर समाजवाद विकसित किया जा रहा है। भेद-भाव समाप्त करके भीतर से बाहर तक एकीकरण हो रहा है। और इस चमत्कारी एका के समग्र प्रदर्शन के लिए सबके मुँह पर एक चमकीला रंग पोताड़ा जा रहा है। सभी अपने-अपने निगेटिव लग रहे हैं। सबकी देह पर एकरंगी चढ़ौना चढ़ाकर उन्हें गणवेश में ढाला जा रहा है और समरसता लाने का नाटक हो रहा है! कभी-कभी एकरसता को ही समरसता मान लेने के कुतर्क दिए जाते हैं और ऐसा माननेवाले वे लोग होते हैं जो सबको एक ही झंडे के नीचे लाने का तूर्य पुँपुँआते हैं। उन्हें न तो एकरसता की ऊब का भान होता है और न ही समरसता भिन्नान्तरिक मिठास की परख। जबकि समरसता अपने आप पकती है और एकरसता पकसायी जाती है।

मिठउवा को लेकर मेरा यह देसी प्रलाप लोगों को कटाऊँ लग सकता है और दृष्टि अवैज्ञानिक। पर सच मानिए कि छोटे-छोटे पौधों से बड़े-बड़े फल पाने की मेरी भी इच्छा होती है। मैं भी चाहता हूँ कि बड़े-बड़े फलों से गूदा प्रचुर और गुठली छोटी-से-छोटी निकले। किन्तु अपना मूल स्वाद खोकर इन्हें कदापि नहीं पाना चाहता। लाभ अपनी जगह होता है और लोभ अपनी जगह। स्वाद का लोभ-संवरण कर पाना अपने वश का नहीं। कुछ घाटा होता हो तो हो। महाकवि कालिदास पौधों को बिना एक लोटा जल दिये आचमन नहीं करते। शृंगारप्रिय होते हुए भी अभिमंडन के लिए नवपल्लव नहीं तोड़ते-नादत्ते प्रियमण्डनापि भवतां स्नेहेन या पल्लवम्। तो भई, आप ही बताएँ कि इस स्वादसखा मिठउवा से कैसे नाता तोड़ लिया जाय? कैसे

मान लिया जाय कि यह अपना कोई नहीं है और इसके कट जाने की कोई कसक मन में नहीं है? किन्तु उसके जीवन की यह अन्तिम घड़ी वाद-विवाद करने की नहीं है। इसके साथ मिथक की तरह जुड़ा बरगद भी तो आज ढह जाएगा। अब लगता है कि दोनों एक-दूसरे के गले मिले हुए बन्धुजन ही थे। मैं बरगद को देखकर बेमतलब चिढ़ता था। अब दोनों के दिन पूरे हो गये हैं। बाबा की उम्र के हैं तो कब तक रहेंगे? अच्छा महराज, पिण्ड छोड़िए। जाइये इस लोक से। कटें तत्रभवान् और सिर फोड़ाऊँ मैं? महानमस्कार!

मैत्री गॉर्डन भिलाई

यू. पी. वाले घरघुस्सू होते हैं- वाला आक्षेप चुभ गया और इससे बाहर प्रदेशव्यापी दौरा करने को ठान लिया। सोचा, जहाँ ठौर-ठिकाना हो वहीं पयान करना चाहिए। तो मध्यप्रदेश की ओर निकला। यह दौरा विभागीय दौरा न था, घटनास्थल के निरीक्षण वाला दौरा न था, चुनावी दौरा न था, टी. ए. डी. ए. वाला दौरा न था, द्वितीय श्रेणी में यात्रा करके प्रथम श्रेणी का मार्गव्यय वसूलने वाला दौरा न था बल्कि अपने पैसे से पानी पीने और अपने ही पैसे से सुलभ शौचालय जाने वाला दौरा था। ऐसे फकीरी दौरे का दौरा मुझे प्रायः पड़ता है। बस्ती से बहुरा तो सीधे दुर्ग (म.प्र.) दाब दिया। दुर्ग में भिलाई। भांजे दिग्विजय के साथ लौहनगरी जमकर घूमा। अंत में उसने 'मैत्री गॉर्डन भिलाई' घुमाने का प्रस्ताव रखा तो बोला- एवमस्तु। भिलाई, कक्षा पाँच में याद किये गये उन उत्तरों में से एक है, जिसमें पूछा जाता है कि भारत में लोहे और इस्पात के कारखाने कहाँ-कहाँ हैं? मरोदा सेक्टर से हम चले तो 'मैत्री गॉर्डन' नाम से मैं बड़ा प्रभावित हुआ। मन-ही-मन गुनने लगा। मैत्री गॉर्डन अर्थात् मित्रता का उपवन। जहाँ लोग मिताई करते होंगे, सखी-सखा बनते होंगे, शत्रु अपनी शत्रुता भूल जाते होंगे, भेंट-अँकवार देते होंगे, सद्भाव के शिविर और प्रकल्प लगते होंगे। कुल मिलाकर यहाँ कुछ न कुछ

भद्र, शुभ, आत्मीय या इष्ट ही देखने को मिलेगा। यही सब अल्लम-गल्लम सोचते-विचारते थोड़ी ही देर में चलकर हम मुख्यद्वार पर पहुँचे जहाँ बड़े-बड़े अक्षरों में लिखा था- 'मैत्री गॉर्डन भिलाई आपका हार्दिक स्वागत करता है', हमने स्वागत अंगीकार किया और घेरे में घुसे।

शाम का समय। उपवन घास, फूल, पत्तियों और लता-गुल्मों को काट-छाँटकर रचे गये मोर, हिरन-ऊँट वाली झाड़ियों से सज्जित था। घास की एक-एक पत्ती और फूलों की एक-एक पंखुड़ी में कोमलता और रुचिराई थी। वातावरण के कण-कण में अच्छाई थी। ऐसे में अनायास ही मेरा मन मैत्रीयाहिन-मैत्रीयाहिन करने लगा। मन तो करता है कि विश्वामित्र हो जाऊँ पर हूँ मित्रता का खाता खोलने में एकदम भुच्चड़। एक हाथ जोड़ता हूँ तो डेढ़ हाथ टूट जाता है। पता नहीं मुझमें क्या कमी है और कौन-सा नक्षत्र है कि मेरी अँगुलियों की संख्या मित्रों से बेशी पड़ जाती है, जबकि कुछ लोग देखते-देखते मित्र-सेना तैयार कर लेते हैं। सोचता हूँ जो थोड़े से मित्र बन-बना गये हैं वे भी अपना मुखारविन्द न फेर लें इसलिए उनका मुँह जोहता रहता हूँ। हाँ हूँ करता रहता हूँ। आम को इमली कहें तो भी हाँ। गाय को बैल कहें तो भी हाँ। ना को हाँ कहें तो भी हाँ। वैसे 'हाँ' या 'ना' ही सबसे कठिन शब्द हैं। ये सीधे एक ओर से दूसरी ओर कर देते हैं। इन दोनों में से निकला एक भी शब्द आदमी को निर्णायक स्थिति में ला देता है। 'हाँ' का अर्थ है किसी विचार या व्यक्ति की सत्ता को दंडवत स्वीकार जबकि 'ना' का अर्थ है किसी विचार या व्यक्ति की सत्ता से असहमति। आज हाँ-वाद ज़ोरों पर है लेकिन वह मनुष्य ही कौन जो मित्र तो बनाए लेकिन अपने कुछ शत्रु न बनाए। 'हाँ' तो करे लेकिन 'ना' न करे? पर मित्रो! इस वक़्त हम मैत्री गॉर्डन परिसर में हैं और दोस्ती के दृष्टान्त ढूँढ रहे हैं। बढ़ते ही दिखे सींगों में सींगें भिड़ाए, नथुने फुलाए, पूँछ उठाये, लड़ने की दंगली मुद्रा में उद्यत, एक-दूसरे के वैरी उज्जर-उज्जर दो दृप्त साँड़। उनकी आँखों की बरसती आग से लगा, वाह रे! मैत्रीबाग। मित्रता का पहला उदाहरण ही अनूठा मिला। यह मैत्रीबाग है कि कुरुक्षेत्र? यहाँ संघ चलता है कि अखाड़ा? शिविर वर्ग बौद्धिक है कि शारीरिक? मन-मनसायन करूँ कि पलायन? देखूँ कि आँख मूँद लूँ?

आँखें मिचमिचाते हुए थोड़ा ठौरिग हुआ तो बात समझ में आयी कि ये साँड़ तो शिल्पित हैं। लेकिन इतने जीवंत! फिर भी ये लड़ नहीं सकते। यहाँ क्रोध कलाबद्ध है! रोष ठिठका और रुद्ध है। बल विवश है। हिंसा हिल नहीं सकती। यह शिल्पी की कन्नी और तूलिका का हस्तलाघव है। उसने हिंसाहिंसा, क्रोधाक्रोध, वैरावैर, बलाबल सबको अपने स्थापत्य से भिड़ने न भिड़ने, हिलने न हिलने, मारने न मारने, लड़ने न लड़ने की मुद्रा में बाँध दिया है। बच्चे उसे छू रहे हैं। किशोर पास जाकर निहार रहे हैं। तरुण उसकी जीवंतता को सराह रहे हैं। यही है कला की निकाई और बन्धन। वैसे बाँधने को तो आगम बाँधा जाता है, निगम बाँधा जाता है, आश्वासनों के बड़े-बड़े पुल बाँधे जाते हैं। यह कर देंगे, वह कर देंगे; इनको उठा देंगे, उनको गिरा देंगे; इनको पद्मासन देंगे, उनको शीर्षासन; शेर और बकरी एक घाट पानी पीयेंगे; लौकी डूबेगी, सिल उपरायेगी और यह रहस्य जानै कोउ-कोऊ। एक था सोखा। ओझैती करते हुए बक रहा था- आग बाँधूँ, पानी बाँधूँ, पवन बाँधूँ, आकाश बाँधूँ, पाताल बाँधूँ तब तक पीछ से आकर पीठ पर दो लात जमाते हुए उसकी पत्नी बोली निकम्मे! रोज़ छप्पर में घुसकर कुत्ता लरिकों का बासी खा जाता है, उसके लिए एक टाटी तो बाँध ही नहीं पा रहे हो और चले हो आकाश पाताल बाँधने! आकाश पाताल बाँधने वाली बातें और कला भी कुछ-कुछ ऐसी ही होती है जब तक कि वे जीवन की वास्तविकता और खुरदुरेपन की अनदेखी करती है। मैं सोचता हूँ कि इस मैत्री गार्डन की सलामी में ही इन दृप्त साँड़ों को शिल्पित करने का औचित्य क्या है? प्रथमग्रासे मक्षिकापातः? यहाँ तो चोंच में चोंच डाले हुए पारावत का जोड़ा शिल्पित होना चाहिए था; बन्दरिया का जूँ काढ़ता हुआ बन्दर शिल्पित होना चाहिए था, उर्वशी-पुरूरवा का युग्म शिल्पित होना चाहिए था, कोई गंगाजमुनी धारा शिल्पित होनी चाहिए थी, भुजगुम्फन में लपेटे दो राष्ट्र शिल्पित होने चाहिए थे। तब तो 'मैत्रीबाग' नाम की चरितार्थता होती। लेकिन पहुँचते ही आनेत्र होते हैं- दो भिड़न्तू साँड़। यदि ये शिल्पित न होकर सजीव होते तो? तो उधम मचाते, उखाड़-पछाड़ करते, खून-खराबा करते, फूल-पत्ती रौंद डालते,

भगदड़ मच जाती, चारों ओर हट्-हट् होता, हिंसा का नंगा नाच होता। पर कला सबको बाँधे हुए है। वह 'गवाक्षेषु जालमार्गाः, चापेषु गुणच्छेदाः और रतेषु केशग्रहाः' की भाँति द्व्यार्थी श्लेष ही है। पूरी सृष्टि ही एक कला में उपनिबद्ध है। चाँद और सूरज कलाओं में बँधे हैं। पेड़-पौधे कलाओं में बँधे हैं। धरती और नदियाँ-पर्वत सब कलाओं में बँधे हैं। किन्तु जहाँ भी कला का अनुशासन भंग हुआ कि वहीं से बिखराव आने लगता है, वहीं से रचना का विरोध शुरू हो जाता है। इसी से उपद्रवी किन्तु कला में बँधे ये साँड़ हमारे मन को बाँधते हैं। चित्रकूट पर्वत भी अखड़ते और डकारते हुए क्रुद्ध साँड़ की तरह राम की दृष्टि को बाँध लेता है-

धारास्वनोद्गारिदरीमुखेऽसौ शृंगाग्रलग्नाम्बुदवप्रपङ्कः
बध्नाति मे बन्धुरगात्रि! चक्षुः दृप्तः ककुद्मानिव चित्रकूटः।

अब 'मैत्री गार्डन' के प्रांगण में दृप्त साँड़ों के स्थापत्य का औचित्य कुछ-कुछ समझ में आ रहा है क्योंकि लेखक ने जब से कलम सँभाली, स्थपति ने कन्नी, चित्रकार ने तूलिका, संगीतकार ने वाद्य, गीतकार ने रागिनी, तभी से वे प्रेम और सद्भाव ही लिख, रच, गा, बजा रहे हैं। लेकिन सर्जक रुचिर और मधुर की ही सृष्टि क्यों करे? क्यों वही रचे जो मीठा ही मीठा और पाचक ही पाचक हो? अब उसे ऐसी रचना भी करनी चाहिए जो गर काटे और दाँत कोट कर दे। मंडन बहुत हुआ अब खंडन भी होना चाहिए। हम सफेद कबूतर बहुत उड़ा चुके अब लाल बिल्ली भी दौड़नी चाहिए। सद्भाव रैलियाँ बहुत आयोजित हुईं अब असहयोग आन्दोलन भी होना चाहिए। मित्र मंडली बहुत बढ़ी अब कुछ शत्रु भी बनाना चाहिए और 'मैत्री गॉर्डन' में भिड़े हुए साँड़ भी शिल्पित होने चाहिए। लोग कहेंगे, बड़ा कुचाली है। लेखक है कि साही का काँटा? सद्भाव बिगाड़ता है। लड़ाना चाहता है। दिलों में नफरत पैदा करना चाहता है। मैं कहूँगा, हाँ, चाहता है लेकिन कलागत ढंग से। रचनात्मक मुद्रा में। अब अघाये जवाब से।

वैसे जिन्होंने दिल से दिल जोड़ने का बीमा ले रखा है, ऐसे प्रणतपालों की बड़ी-बड़ी धर्मशालाएँ हैं। वे काजू-किसमिस दनाते हैं। कोला-पेप्सी पीते हैं। मृगछाला या बाघम्बर धारण करते हैं। अभयारण्य की योजनाएँ बनाते हैं। दीनों पर दया करते हैं। भक्तों को आशीर्वादते हैं। और दिल से दिल को जोड़ते हैं। उनके इस योग का गारा बारहः एक का है जो रँगा और लिपा-पुता हुआ उद्घाटन के दिन बड़ा ही मनोहर लगता है। वे ज़मीन से जुड़े रहने के पक्के दावेदार हैं। पृथ्वी का गुरुत्वाकर्षण बल उन्हें इतनी ताकत से नीचे की ओर खींचता है कि बड़ा-से-बड़ा किरान भी ऊपर नहीं उठा सकता। ऐसे धरतीपकड़ों की जीभ ज़मीन पर और पाँव आसमान में रहते हैं। वे पहाड़ों में अमीबा और घास में घोड़ा खोजते हैं। पूरे बेसन में फेंटने के बजाय बरी-बरी नमक डालते हैं। इससे किसी में नमक चटक इतना हो जाता है कि वह आजीवन उनसे उऋण नहीं हो सकता, किसी में इतना फीका हो जाता है कि वह आजीवन तरसता रहता है और कोई-कोई अलोन ही रह जाता है। यही कारण है कि वे जितना ही सामाजिक न्याय का ढिंढोरा पीटते हैं उतना ही सामाजिक अन्याय फल-फूल रहा है। ऐसे सद्भाव से तो दुर्भाव ही अच्छा। ऐसे समाजवाद से व्यक्तिवाद ही अच्छा। और अच्छा वह भी जो बड़ी बात न करके छोटा काम तो करता हो।

यह तो हुआ 'मैत्री गार्डन' का मंगलाचरण। अब हम टिकट लेकर इसी में स्थित चिड़ियाघर में चले। वहाँ शेर देखा, बाघ देखा, भालू देखा, हिरण देखा, मगर देखा, नाक देखा, अजगर वनमानुष देखा। सब देखा। क्या देखा? पूरा-का-पूरा जंगलराज देखा। शेर की प्राचीर के बगल में ही हिरनों का झुंड है। हिरनों के झुंड के बगल में ही भालू की गुफा बसी है। भालू की गुफा के ही बगल में नीलगायों का बाड़ा है। नीलगायों के बाड़े के ही बगल में चीते का उत्तुंग जालीवाला लौह-पिंजर है। इस जंगलराज में सब इकट्ठे हैं और सबमें एका है। यहाँ किसी को किसी से कोई भय नहीं है। कोई किसी का शोषण नहीं कर रहा है। कोई किसी से उन्नीस नहीं है। कोई किसी का हक नहीं छीन रहा है। कोई किसी को त्रास नहीं दे रहा है। फिर भी सबके सब बँधुए हैं।

जो मिले वही खाना है। जहाँ कहा जाय वहीं रहना है। जो दिखाया जाय वही देखना है। जो कहा जाय वही करना है। यहाँ सिंह की गर्जना से कोई थर्राता नहीं बल्कि वह अरण्यरोदन लगती है। बाघ की गुर्राहट दंतचियार जैसी लगती है। कृष्णसार मृग सींगों वाला गधा प्रतीत होता है। इस चिड़ियाघर में सब बराबर हैं। चाहे हिरण को शेर मान लो चाहे शेर को हिरण, फर्क नहीं पड़ता; भालू को नीलगाय मान लो या नीलगाय को भालू, फर्क नहीं पड़ता, नाक को केंचुआ मान लो या केंचुआ को नाक, फर्क नहीं पड़ता, वनमानुष को वानर मान लो या वानर को वनमानुष, फर्क नहीं पड़ता। या तो इस जंगलराज के जन्तुओं का जीवन स्तर इतना उठ गया है कि सभी अपने को शेर समझते हैं या तो बाघ की गुर्राहट उन्हें इतनी थोथी लगती है कि वे उसे सियार समझते हैं। सब के सब बाघ हो गये हैं या सब-के-सब सियार? बूझो तो जानें। इसी कल्याणकारी राज्य में सबका कल्याण हो रहा है! सब अपने-अपने स्वभाव और प्रकृति भूल चुके हैं, एकात्म भाव के रंग में। इन मरघटों से कहीं जीवंत वे गिट्टी, बालू, सीमेंट से बने साँड़ ही हैं, जो अपनी स्वाभाविक प्रकृति का पूर्ण आभास करा रहे हैं। जीवित शवों से कहीं उद्दीपक और आकर्षक निर्जीव कला होती है।

बाघ को सियार या सियार को बाघ बनाने वाले ऐसे अस्वाभाविक विकासवाद को देखकर मैं हैरान रह जाता हूँ जिसके नाते बिल्ली, बाघ ब्याने लगी, बकरी का मुँह कोंहड़ा लीलने लगा और हथेली में बाल उगने लगे। ऐसी ही असंगत और याद्दच्छिक पद्धति ने ही जीवन का समूचा सौन्दर्यशास्त्र विकृत कर डाला है। इन्हीं बाड़ों में मढ़ा जानेवाला मानव समुदाय आज चिड़ियाघर का लट कटा हुआ प्राणी बनकर रह गया है। उसे जीने नहीं दिया जा रहा बल्कि जिलाया जा रहा है, खाने नहीं दिया जा रहा बल्कि खिलाया जा रहा है, देखने नहीं दिया जा रहा बल्कि दिखाया जा रहा है, करने नहीं दिया जा रहा बल्कि कराया जा रहा है। कटहल को वनस्पति बकरा, अंडे को सफेद आलू और मछली को जलतरोई बनाया जा रहा है। ऐसी चिड़ियाघरी व्यवस्था में आग लगे जिसमें हिरनों के पाँव अपने लिए ही चक्की बन जायँ

और वे चौकड़ी भरना भूल जायँ, जिसमें भालुओं का मोटापा भले बढ़े लेकिन वे अपने ही मल-मूत्र की चिर्राहिन दुर्गन्ध को सूँघने और उसी में लोटने को बाध्य हो जायँ, जिसमें बकरों की बलि पाने वाले सिंह दतचियार सियार बन जायँ, जिसमें नीलगायों को सानी-पानी पर जीना पड़े और वे पालतू बन जायँ। आप कहेंगे, यह अनुशासन है; मैं कहूँगा, यह दुःशासन है; आप कहेंगे, यही जनतंत्र है; मैं कहूँगा, यही राजशाही है; आप कहेंगे, यही विकास है; मैं कहूँगा, यही विनाश है; आप कहेंगे, मैं बाल की खाल निकाल रहा हूँ; मैं कहूँगा, आप भेली छील रहे हैं; आप कहेंगे विकासवाद को फिर से पढ़िए; मैं कहूँगा विकासवाद को फिर से समझिए। लेकिन जिन्हें पुनर्विचार से परहेज है और जो अपने समझे और पढ़े हुए को ही इतिविद्या मानते हैं उनके साथ किसी तरह का वाद-विवाद-संवाद असंभव है। वे व्याकरण का भाष्य करते हुए उठी हुई हर शंका को 'अजा भक्षिता' वाले सूत्र से समझा देते हैं।

'मैत्री गॉर्डन' से निकलते हुए मेरा भांजा दिग्विजय कहता है- मामा कंस! यहाँ के बारे में कुछ लिखिए। क्या लिखूँ? यही की यू. पी. वाले घरघुस्सू नहीं होते कि जो भी सज्जन लौहनगरी भिलाई पहुँचें वे 'मैत्री गॉर्डन' ज़रूर देखें; उसमें भी टिकट लेकर चिड़ियाघर न देखें तो बिना टिकट के दिखाई देने वाले जीवंत कल्पित साँड़ उनकी दृष्टि को अवश्य ही बाँध लेंगे। उनमें कला है और भद्रता। सम्मोहन कला का अनिवार्य गुण है बशर्ते वह यथार्थ की नीव पर खड़ी हो सिर्फ़ हवा हवाई न हो।

रोटी या बीज

लरिकाई से लेकर सज्ञान होने तक ढेरों कविताएँ याद हुईं और भूलीं। इस मध्यावधि में कुछ कविताएँ तो अपने आप याद हुईं और अपने आप ही भूल भी गईं, कुछ एक अवस्था के अनुसार रटी गईं और दूसरी अवस्था के अनुसार विस्मृत हो गईं; कुछ एक मनःस्थिति में कंठाग्र हुईं तो दूसरी मनःस्थिति में लाख माथापच्ची करने पर भी गले के नीचे न उतरीं। कविताओं का एक रेला बायीं पटरी से मन के स्टेशन तक आता और दूसरा रेला अपने बाएँ से बाहर जाता रहता- एक-दूसरे का हाल-चाल पूछते हुए। कब आई हो? क्यों चली जा रही हो? या कब तक रहोगी या रुको अभी हमें भी लौटकर चलना है। धीरे-धीरे मन में कविताओं के आवागमन की यह गहमागहमी कम होने लगी। भावनात्मक कच्चापन पकने लगा और फसलों की हरियाली के बीच से निकली हुई पक्की सड़क की तरह विचारधारात्मक चेतना सजग होने लगी। छन्दोबद्धता से मन कुछ-कुछ हटने लगा किन्तु जीवन का साथ देती कविताओं की पंक्तियाँ अभी तक बिसरी नहीं हैं। ऐसे ही एक कविता की कुछ पंक्तियाँ बराबर मथती रहती हैं-

सोचता हूँ
गेहूँ चुनने की छूट होती
तो रोटी बनता
या बीज? (श्रीप्रकाश मिश्र)

इस कविता का कवि मिलता तो पूछता, 'भाई, अपने को और औरों को ऐसे असमंजस में डाला जाता है कहीं? बिल्कुल चौराहे पर लाकर खड़ा कर दिये हो। 'किधर जाऊँ? ईरघाट कि वीरघाट? रोटी बनूँ कि बीज? बिचऊपुर में रहने से तो काम चलेगा नहीं। किसी ओर तो होना ही है। किन्तु पूरी ज़िन्दगी का सवाल है। ज़रा-सी मिस्टेक हुई कि क्षय हुआ। तनिक भी चूके तो पता चलेगा कि बनने चले थे चेऊँ, बन गए मेऊँ। है तो वास्तव में बड़ा भारी असमंजस गेहूँ के सामने। रोटी बनना है तो दूसरों की भूख मिटाने के लिए अपने को परोसना पड़ेगा। दूसरों के काम आने के लिए स्वयं को विसर्जित करना होगा। गेहूँपना या निजता त्यागनी होगी। और निजता त्यागने का विचार आते ही मन सौ कोठा भरमता है। किस-किस योनि में जन्म लेना पड़ेगा गेहूँराम को? भुन-पिसकर प्रसाद बनना पड़ेगा कि गुड़धनिया? पेटभाठन भोजन बनना है तो लिट्टी-बाटी बने या फिर दरिया? सूखे चमड़े की तरह तन्दूरी बने या घी में छनकर पूड़ी? महुए के रस में मिलकर गुलगुला बने या लप्सी? दाल का दुलहा बने या पिण्डा? किन्तु यदि रोटी बनना है और रोटी में भी स्वादिष्ट फुलकी तो चक्की के बीच अपने को खूब महीन पिसवाना होगा तथा भूयो भूयो अपने को पानी से गुँथवाना होगा तब तक कि पिसान की लोई परात कठौत या थाली को अपने आप छोड़ न दे। गूँथे गये पात्र और लोई में इतनी निस्संगता आ जाय ताकि पता ही न चले कि यह पिसान इसी बर्तन में साना गोंजा गया है। तब गढ़ी गई चकई बेलकर जब मद्धिम आँच में तवे पर पड़ेगी तब रोटी फूलकर फुलकी बनेगी। तब भोक्ता गुणानुवाद करेगा। खानेवाला भी समझेगा कि कुछ खाया और गेहूँ को आत्मसन्तोष होगा कि किसी के काम आया। निजता छोड़ दिया। और निजता छोड़ देने का अर्थ ही है छोटे-छोटे ऐहिक स्वार्थों से ऊपर उठ जाना। संकीर्णताओं से मुक्त हो जाना। गेहूँ का रोटी बन जाना।

लेकिन सवाल उठता है कि गेहूँ रोटी क्यों बने? व्यक्ति अपना जीवन दूसरों के लिए न्योछावर क्यों करे? हैं तो वह बहुत स्वार्थी। बिना स्वार्थ के तो वह कटी अँगुली पर वह भी नहीं करेगा। तब स्वार्थी इतना त्यागी क्यों होने को सोचे? इसलिए त्याग करता है आदमी ताकि वह भावी लोगों की याद में बना रहे और बचा रहे उसका यशः काय। वह बना रहे अर्थात् मनुष्यता बनी रहे। दूसरों के लिए अपना जीवन उत्सर्ग करने की परम्परा बनी रहे। और गेहूँ रोटी बनता रहे। किन्तु जो गेहूँ कुट-पिसकर, रोटी बनकर समाप्त हो जाएगा वह बचेगा कैसे? बीज में तो रोटी बनने की संभावना बराबर रहती है पर रोटी से बीज का पुनराविष्कार असंभव है। यह व्युत्क्रमणीय क्रिया हो ही नहीं सकती। मगर यह संकट वस्तु से वस्तु के बीच का है। वस्तु तो मरी होती है। मरे हुए का कैसा जीना? पर मनुष्य वस्तु नहीं है। गेहूँ का बीज भी वस्तु नहीं है। इसीलिए उसमें जीवन का आधान है। जबकि रोटी में जीवन की परिणति और वस्तु हो जाने की सीमा। इसी सीमा को निरन्तर तोड़ते रहने का प्रयत्न ही मनुष्य के कारणस्वरूप बीज बनने की कामना है। अब यदि गेहूँ को बीज बनना है तो उसे भुनना, पिसना या कुटना-कटना बिल्कुल नहीं है। दूसरों के लिए अपने को मिटाना नहीं है। निजता बचाए रखना है। निजता बचाकर अपना अनंतगुना बन जाना है और अनंतगुना बनने का अर्थ है- बीज से केवल बीजों में बदल जाना। पर उस गेहूँ की सार्थकता ही क्या जो भोज्य ही न बन सके? भीतर-भीतर भरकर अपने संचय से बेचैन चक्कर काटे। तैयार होकर, "मैं क्या करूँ, मैं क्या करूँ" की मुद्रा बनाए घूमे। तब तो पता चलेगा कि बीज के बाबा का नाम भी बीज ही था और बीज के नाती का नाम भी बीज ही है। तब तो वह मात्र बीजगोदाम या बीजभंडार की शोभा बढ़ाएगा। सड़-घुन जाएगा लेकिन किसी के काम नहीं आएगा। गव्यूति से ही टा-टा का हाथ हिलाएगा। पर सड़ने-घुनने से बच गया तो अपना अनंतगुना बनना है और अनंतगुना बनने के लिए भी पहले मिट्टी से जुड़कर निजता नष्ट करनी है। स्व को मिटाना है। अंकुरित होना है। हरियाली बनना है। फुलाना है। फलना है। एक बीज से चलकर दूसरे बीज तक पहुँचने का जीवन-चक्र पूरा करना है। अथ से चलकर अथ तक पहुँचना है। जोई था सोई भया, अब कछु कहा न जाय।

अब तो कुछ न कहने की स्थिति में पहुँच गया। लगभग अनिर्वचनीयता में। लेकिन यह तो पता नहीं चला कि बीज है क्या? दाना? गुठली? बूँद? या और कुछ? इसका पता ही नहीं? किसी विषय का आरंभ ही परिभाषा से होना चाहिए। वह भी जितने विचारक उतनी परिभाषाएँ। पर हर व्यक्ति अपनी परिभाषा रचना चाहता है और उसे अपनी भाषा में व्यक्त करना चाहता है। किन्तु मैं हूँ शिल्प की दृष्टि से बिल्कुल कच्चा आदमी। एकदम अनगढ़, खुरदुरा और अनछीला। एक ही चीज़ की अनेक परिभाषाएँ बनाता हूँ। एक परिभाषा से सन्तोष ही नहीं होता। अतः मेरा मानना है कि केवल बीज ही बीज नहीं है बल्कि जिसमें भी अपने ही समान नया और अनेक सृजन करने की क्षमता हो, वही बीज है; जो ही मिट्टी और ओदी पाकर अपने को मूल संस्थान एवं तना-संस्थान में विभाजित करने लगे, वही बीज है; जो भी अपने अन्तर के रेशे रेशे एक ओर अधोगामी बनाकर धरती में गहराई के साथ खड़ा होकर स्थायित्व पाने की चेष्टा करता हो और दूसरी ओर ऊर्ध्वगामी आकाश की ओर बढ़कर मुक्त होने के लिए हाथ-पाँव मारता हो, वही बीज है। ऐसे में किसी का तना ही बीज है। किसी की जड़ ही बीज है। किसी का फूल ही बीज है और किसी का बीज ही बीज है। किन्तु दाना, गुठली, बीज, तना, फूल, फल या टहनी इत्यादि को बीज बनने की संभावना तक पहुँचने के लिए एक निश्चित अवधि आवश्यक होती है। उसे चाहे हम बीज बनने का अनुभव मान लें चाहे तपस्या, चाहे अन्तःक्रिया मान लें चाहे साधना, चाहे निर्मिति मान लें चाहे खटना। इसी निश्चित अवधि में बीज पकता और पोढ़ाता है। पूर्ण और प्रभविष्णु होता है। बीज जितना ही पका होगा उतना ही पोढ़ होगा और जितना ही पोढ़ रहेगा उतना ही उसके सड़ने, घुनने, सुसकने या पइया-फाँफर निकलने की आशंका नहीं रहेगी। अतः बीज बनने के लिए समय तक प्रतीक्षा करने का धैर्य होना चाहिए और तभी अपना अनंतगुना बनने का स्वप्न देखना चाहिए। अगर समय तक प्रतीक्षा करने का धीरज नहीं है तो परिणति कच्चेपन में होती है। तब दुधहे दानों, नरम तनों, तृतीयक जड़ों, और कुड्मलों-मुकुलों में ही अपना अनंतगुना हो जाने की महत्वाकांक्षा घर कर

लेती है तथा वे जन्मदाता बनने की लालसा में अपने को तैयार बीज मानकर जल्द-से-जल्द मिट्टी में मिल जाने को अधीर रहते हैं एवं नीचे सड़-सुसुककर बर्बाद हो जाते हैं। वैसे तो अब अनुसन्धान से ऐसी प्रजातियाँ भी विकसित की जा चुकी हैं, जो पकने में उतना अधिक समय नहीं लेतीं लेकिन उससे भी शीघ्रता करना पुट्ठों पर आवाँ लेकर घूमना ही है।

यदि किसी वस्तु की परिणति कच्चेपन में होती है तो वह केवल भोज्य बन सकती है अथवा अकारथ नष्ट हो सकती है। बीज बनने की आशा उससे की ही नहीं जा सकती। जबकि रोटी बनना गेहूँ की नियति है और बीज बनना उसकी संभावना। परन्तु वास्तविकता यह है कि गेहूँ केवल एक ओर जा सकता है। या तो सिर्फ नियति की ओर या तो सिर्फ संभावना की ओर। यहीं तो कवि ने आदमी के लिए गेहूँ चुनकर उसे द्वन्द्व में उलझा दिया है। जबकि मनुष्य अपने को दूसरों के लिए उत्सर्ग भी करता है और स्वयं बचा भी रहता है। अतः गेहूँ से उसका तालमेल नहीं बैठ सकता। यह विकल्प ही फँसानेवाला है। इसीसे यदि विकल्प सामने हों तो चयन में बहुत सावधानी बरतनी चाहिए। विषय-वस्तु के चयन में जितनी ही सावधानी बरती जाएगी, प्रतिपाद्य उतना ही उत्तम होगा। तब दुविधा जाती रहेगी। अतएव हम कोई ऐसा विकल्प चुनें जो मनुष्य के साथ संगत कर सकता हो। मनुष्य की तरह नियति की अनिवार्य, परिणति भी पाता हो और अपना अनंतगुना बन जाने की संभावना से ओत-प्रोत भी हो। हवा, सूरज की रौशनी, दिन और रात की तरह जनसामान्य के लिए सुलभ भी हो और अपने व्यक्तित्व का सम्यक् विकास भी कर सके। अगर हम कहीं बौद्धिक सम्पदा अधिकार के अन्तर्गत डंकल प्रस्ताव वाले शोधित या अनुसन्धानित बीज बनने के चक्कर में पड़ गये, जिसके प्रयोगकर्ता को मुँहमाँगा मुआवज़ा देना पड़े अथवा हम न चाहें तो प्राणोत्सर्ग करने पर भी उसे उपलब्ध न हो सकें तब तो दुनिया की आधी से अधिक आबादी को पेट दबाकर सोने को विवश होना पड़ेगा। कुछ तो बीज से ही सोना उपजाएँगे जबकि अधिकांश को रोटी के लाले पड़ जाएँगे। उधर हम घोषणा करते फिरेंगे कि हमें तो केवल चुल्लू भर पानी की ज़रूरत

है, चुटकी भर खाद चाहिए और कीट तो हमारे किनारे नहीं आ सकते। हम बिक रहे हैं। हमें खरीदो। हम बौद्धिक बीज हैं। इस विडम्बना से यदि अपने को बचा पाये तो विकल्प पर पुनर्विचार करना है। तब तो गेहूँ चुनने से अच्छा है फल को चुनना। फलों में भी बीजू। भोग्य का भोग्य बन जाना और बीज का बीज बचे रहना। लेकिन फल बनने की स्थिति में भी अपने को खर्च करते समय बराबर मन में एक खटका बना रहता है कि उतना ही खर्च होना है जिससे बीज को कोई लावा धक्का न पहुँचे और तब गुठली में दाँत न गड़ने देने के भय से कभी-कभी गूदा भी बचा लिया जाता है। संभावना के लोभ में नियति भी अकारथ जाती है। इसलिए पूरे-का-पूरा बचाए रहने और पूरे-का-पूरा खर्च हो जाने में भी कम कला नहीं है। इसी में तो जीवन की साधना है और यह सच्ची साधना तब बनती है जब हमें अपने को परोसने का गुर ज्ञात होता है। रोटी किसके आगे जाए जो उसे अपनी चप्पल की तल्ली बनाते हों? फल किसकी तश्तरी में कटकर सजे जिनके उपवास रहने का दिन भोजन करनेवाले दिन से अधिक खर्चीला हो? आदमी किसके काम आये जो उसका इस्तेमाल करते हों? यहीं सावधान रहना है। तभी हम समग्र व्यय होकर भी अव्यय बने रह सकते हैं। बशर्ते विकल्प चुनते समय सजग रहें। दुविधामुक्त हों। इन सभी दुविधाओं से बचने के लिए अपने यहाँ तो रसिकों के लिए छिलका, गुठली, ढंपी, चोंपीरहित निगम के वृक्ष से निष्पन्न एक अद्भुत फल की कल्पना की गई है-

निगमकल्पतरोर्गलितं फलम्,
शुकमुखादमृतद्रवसंयुतम्।
पिवत भागवतं रसमालयं ;
मुहुरहो रसिका भुविभावका :॥

माचिस

बुद्धिजीवी हो या गँवार, नागर हो या वज्र देहाती, सम्पन्न हो या विपन्न, मँहगाई की मार से कोई अछूता नहीं। लोग चाहे किसी भी समस्या में उलझे हों लेकिन घूम-फिरकर महँगाई पर ही आ गिरते हैं। वीप्सा की तरह इसे दुहराते हैं, तिहराते हैं- हाय! महँगाई, महँगाई, महँगाई। वस्तुओं के मूल्य अबाध गति से बढ़े और चढ़े हैं और जिसको जिसकी आवश्यकता है वह उसी के बढ़ते हुए भाव से व्यग्र है। कभी-कभी कुछ मित्र आभिजात्य और सम्भ्रान्तता दिखाने के फेर में कम बोलने लगते हैं, मन्थर चलने लगते हैं, अभिवादन स्वीकार नहीं करते तो लोग मानते हैं कि उनके भी भाव बढ़ गये हैं। महँगाई के बढ़ते हुए भाव को लेकर भी लोग भाववादी हैं, आदर्शवादी हैं, जनवादी हैं, यथार्थवादी हैं, पदार्थवादी हैं, विस्तारवादी हैं, प्रतिक्रियावादी हैं। लिखने-पढ़ने वाले काग़ज़-किताब की महँगाई से चिन्तित हैं, साधू संन्यासी चंदन, गाँजा, कंठी या चीवर की मूल्यवृद्धि से हतप्रभ हैं, कुछ जन मारुति या रेशमी खादी के बढ़ते दामों से व्याकुल हैं। उपर्युक्त प्रकार के लोग जनसामान्य कहे जा सकते हैं। इनके अतिरिक्त लोगों का एक ऐसा भी वर्ग है जो बढ़ती हुई मँहगाई से पीड़ित नहीं बल्कि प्रमुदित होता है, जिन्हें महँगी-से-महँगी वस्तुएँ खोज-खोजकर खरीदने की आत्मरति होती है, जो महार्हता से ही

अपने परिवेश को अलंकृत करके चमचमाते हैं, उनका बखान और गुणगान अपने ही मुखश्री से करते हैं एवं उन्हें प्राप्त करने के लिए जो भी श्वेत-कृष्ण करना पड़े उसे सोत्साह करते हुए बड़े लोगों की पंक्ति में पहुँचने के लिए निरन्तर प्रयत्नशील रहते हैं। ऐसे लोगों की प्रफुल्लता में गूलर का फूल डालती हुई और वैसे लोगों के रुदन को अनसुनी करती हुई महँगाई है कि सुरसा के जबड़े जैसी दिन दूनी, रात चौगुनी फैलती ही जा रही है।

महँगाई की महँगाई को व्यंजित करने के लिए कुछ लोग उसके निर्धारण का आरम्भ सस्ती से करना चाहते हैं और सस्ती को लेकर भी लोग वादों में, खेमों में, संघों में, शिविरों में बँटे हैं। किसी की दृष्टि में सबसे सस्ता नमक है तो किसी की दृष्टि में सुई। कुछ का मानना है कि सबसे सस्ता आदमी है। वह कब और कहाँ वध उठे, इसका कोई ठिकाना नहीं। इस घनघोर महँगाई में सस्ती का विलाप करने वालों में कोई रुपया सेर शुद्ध घी खाया है तो कोई दस सेर का गुड़ तौलाया है; कोई दो रुपये की धोती पहना है तो कोई मानी भर का धान नपाया है; कोई चवन्नी में मेला किया है तो कोई दुअन्नी में मजूरी। किन्तु नई पीढ़ी के लोग इसे जल्पना और बुढ़भस मानते हैं। उनका कहना है कि तब की बातें कुछ और थीं, अब की बातें और हैं। तब लोग अयाने थे, अब लोग सयाने हैं; तब थोड़े से लाभ लोभ में दूध में पानी मिलाया जाता था, अब पानी में दूध मिलाया जाता है तब मतिभ्रम और मोहान्ध लोगों को रज्जु में साँप का आभास होता था और अब लोग साँप को भी बाल बराबर समझते हैं। मूल्यों और मान्यताओं के इस उतार-चढ़ाव में अपुन जैसे टुटपुँजिए चारों ओर सस्ती-से-सस्ती वस्तुएँ अहटियाने के लिए अभिशप्त हैं। हीन को ही हेरते हैं। डर-डरकर बोलते हैं। झुक झुककर चलते हैं। बचा हुआ पाते हैं। खुचा हुआ खाते हैं। पझ्या पछोरते हैं। खोइया दोहराते हैं। ऐसे में यदि नरश्रेष्ठ हमें हीन मानसिकता से ग्रस्त जीव मानने लगें तो भला उन बेचारों का क्या दोष?

सस्ती और महँगी की इसी उठापटक में धूसा हुआ मैं नराधम अष्टभुजा शुक्ल बाईगॉड बताता हूँ कि अपना अर्थशास्त्र बहुत कच्चा है। तुष्टिगुण विचित्र है। ऐसी-ऐसी जगह मन रम जाता है जिधर प्रायः भद्रजन आँख

उठाकर ताकना नहीं चाहते। सो अँधेरे से बचने के लिए माचिस उठाकर ढिबरी जला दिया। उसी में तुष्टिगुण मिला। माचिस की एक तीली ने मुझे कमरा भर अँजोर दिया। मैं तो जैसे माचिस के प्रति ही कृतज्ञ हो उठा। यही इस समय मेरे लिए सबसे बहुमूल्य है। किन्तु इसका वास्तविक मूल्य कितना है? अब भी पच्चीस पैसे। सबसे सस्ती माचिस। चूँकि पच्चीस पैसे में पचास तीलियाँ इसलिए एक पैसे में दो तीलियाँ। अतः एक तीली का मूल्य हुआ आधा पैसा। किन्तु अब तो सबसे छोटा सिक्का दस पैसे का दिखता है, इसलिए दस पैसा बराबर एक पैसा। इस अनुपात से ढाई पैसे में पचास तीली मिली तो एक तीली का मूल्य हुआ एक रुपये बीस पैसा। पहले बताया न कि अपना अर्थशास्त्र बहुत की कच्चा है नहीं तो एक तीली का शुद्ध मान दशमलव के कई बिन्दु तक निकालकर उत्तर बता देता। तीली तो तीली पूरी माचिस ही निःशुल्क लगती है। भला ढाई पैसे की क्या बिसात? किन्तु नगण्य मूल्य में मिली एक तीली की क्षमता? अपरम्पार है। गहन और अदृश्य अँधेरे को विदीर्ण कर वह पारदर्शी प्रकाश-स्तरण का वितान तान सकती है। एक ढिबरी या मशाल से दूसरी ढिबरी और मशाल को लेसकर आसपास के वातावरण को आलोकित किया जा सकता है उससे। फिर उससे पड़ोस की, उससे पल्ली की, उससे जनपद की, उससे समाज की, समाज से देश की और देश से विश्वभर के प्रकाशोपकरण प्रदीप्त हो सकते हैं। इस प्रायोगिक सत्य के द्वारा जग भर को आलोकित करने की बात कोरी वाग्मिता या वायवीय मनोरथ लग सकती है। प्रवंचक कुतर्क कर सकते हैं कि तेल ही चुक जाए तो? तीली जलते ही कोई बुझनी बयार बह जाए तो? कोई आँधी उठ जाए तो? झंझावात झकोरने लगे तो? तो मैं कहना चाहूँगा कि उनकी सोच प्रतिगामी और ऋणात्मक है। जबकि सोच प्रगामी और धनात्मक होनी चाहिए। कभी कुछ घटाकर नहीं बल्कि सदा कुछ बढ़ाकर सोचना चाहिए।

अँजोर फैलाने की सुखद कल्पना में डूबा हुआ मैं इस मौनी अग्नि-मंजूषा को मुटुकी मारे देखकर सोचता हूँ कि बेचारी कितनी भोली है! पूरब-पच्छिम का ज्ञान नहीं है। अठवा-कठवा नहीं पढ़ी। किन्तु देखन में बौरहिया, आवैं

पाँचो पीर! एक तीली खुरचकर बगल में तब देखो साध्वी का! पहले वह प्रज्वलित होती है तब प्रकाशित। पहले उष्णता, तब तेज। अग्नि का लक्षण ही है- उष्णस्पर्शवत्तेजः। प्रकाश तो उष्मा के ब्याज से उत्पन्न होता है। अतः माचिस का प्रथम स्तर का सृजन आग की अर्जिति और ताप की उपलब्धि है। प्रोद्भासन और दीप्ति-विकीर्णन आग का अंगी-कर्म अर्थात् द्वितीय स्तर का सृजन है। तो आग का पहला धर्म जलना और जलाना है, दहन और गरमाना है। इसीलिए इससे पहला काम ही अधिक लिया गया। पहले के आगे दूसरे को कौन पूछता है? निर्मूल्य माचिस की एक नगण्य तीली से घर फूँका गया, गाँव फूँका गया, जनपद फूँका गया, समाज फूँका गया, देश फूँका गया और अब संसार फूँकने की तैयारी है। अर्थात् एक तीली में समस्त सृष्टि को स्वाहा कर डालने की क्षमता भी है। तो इस युग में सबसे सस्ती तो यही आग ही हुई। अतः माचिस से सस्ता कुछ नहीं है। जैसे यह डिब्बी अपनी छाती में अग्निबाण सहेजे हुए है वैसे ही कहते हैं कि जनमानस में भी एक आग होती है। जनमानस की इस संकलित आग की माचिस जिनकी जेबों में रहती है वे इष्टपूर्ति और स्वार्थसिद्धि के लिए जहाँ चाहते हैं वहीं एक काठी खुरच देते हैं और मनुष्य की इस ऊष्मीय-उर्जा का यादृच्छिक अपचालन करते हैं। किन्तु आग का लगना हर हाल में अनिष्टकर ही नहीं होता बशर्ते आग सही जगह लगे। उस सड़ी-गली व्यवस्था को भस्म करने के लिए वहाँ भी लगनी चाहिए यह आग जिसकी संधियों और जोड़ों में जंग लग गया हो एवं उसके आंतरिक कल-पुर्जे घिस-घिसकर कालातीत और नमक से बदलने लायक हो गये हों, उस अहंवादी केन्द्रीकृत मानसिकता को क्षार करने के लिए वहाँ भी लगनी चाहिए यह आग जहाँ जनसामान्य के दुःख-दर्द से बीतचिन्त देवगण अपनी-अपना में ही रात-दिन लीन हों, उस क्लीव और सुसुप्त समाज में लोगों के उद्दीपन और जागरण के लिए वहाँ भी लगनी चाहिए यह आग जहाँ बार-बार कुचले और अपमानित किये जाने पर भी लोग हाथ-पर-हाथ धरे बैठे हों। कहा जाता है, एक थे महामुनि नारद। उनका काम ही आग लगाना था। किसी को कमलासन पर ऊँघते, किसी को क्षीरसागर में लेटे-

लेटे पाँव दबवाते, किसी को कैलाश पर बुत पड़े रहते देखना उन्हें रंचमात्र न सुहाता। अतः वे घूम-घूमकर सबकी नींद हराम किया करते। इनकी बात उनसे, उनकी बात उनसे। लोग निश्चिंत न पड़े रहें इसलिए सबके यहाँ कुछ सूँड़ियाँ छोड़ आते!

खैर माचिस से हमने तापने को तापा, दहकाने को दहकाया; सेंकने को सेंका और सुलगाने को सुलगाया। लेकिन इस सुलगौनी आग का यथोचित मूल्य और महत्व कभी नहीं आँका। बराबर इसके बारे में भ्रामक प्रचार किया गया। कहा गया जलिअंगरी है। वैज्ञानिकों ने जो कहा सो कहा ही, वेदान्तियों ने फरमाया कि इसमें शब्द है, स्पर्श है, रूप है, पर रस नहीं है। लेकिन उसकी आंतरिक आर्द्रता को कोई नहीं भाँप सका। न परखनली में सोडियम जलाने वाले वैज्ञानिक, न 'आ नो भद्राः' करने वाले वेदान्ती। यदि आग का वास्तविक रसोद्रेक देखना हो, उसकी अन्तःप्रकृति की सही पहचान करनी हो तो उसे प्रज्ज्वलित करके धधकाओ मत। भीतर-ही-भीतर रहने दो और जब वह नेपथ्य में अन्तस्थ रहेगी तो टँहकाएगी, पिघलाएगी, गलाएगी। किन्तु जो आग भड़क उठती है वह सब कुछ भस्म करके अंत में स्वयं भी ठण्डी पड़ जाती है। अतः जैसे सागराम्बरा पृथ्वी में रत्न अन्तर्भुक्त हैं, जैसे त्रिवेणी में सरस्वती अन्तःसलिला है वैसे ही आग को भी अन्तर्लीन रहना चाहिए। बराबर एक सरगर्मी बनी रहनी चाहिए। भीतर का ठण्डा होना ठीक नहीं, बाहर का गर्म होना ठीक नहीं। भीतर की आग जिलाती है, बाहर की आग जलाती है। तार्किकों के अनुसार आग भी दो प्रकार की होती है- नित्य और अनित्य। इनमें से अनित्यम् कार्यरूपम्। अर्थात् जो आग अपने मूर्तविग्रह में प्रकट होकर जलती और जलाने का काम करती है- वह अनित्य है। इधर जली, उधर बुझी। दूसरी, नित्यम् परमाणुरूपम्। अर्थात् जो अणु-अणु में, कण-कण में, इलेक्ट्रान-इलेक्ट्रान में अन्तर्निहित है अर्थात् न जलती है, न बुझती है बल्कि केवल बनी रहती है, वही आग नित्य है।

यही नित्याग्नि सार्वत्रिक है। कहाँ-कहाँ नहीं घुसी यह? जठराग्नि-वाडवाग्नि-दावाग्नि यहाँ तक कि कामाग्नि बनकर पेट में, समुद्र में, वन में, तन में घुसी। ठोस, द्रव और गैस में घुसी। अणु-अणु, जन-जन में घुसी। अतिशय संघर्षण होने पर चन्दन जैसी शीतल लकड़ी में भी जब आग प्रकट हो जाती है तो औरों की क्या बात? तो क्या बर्फ में भी आग या उष्मा होगी? बर्फ को तो आप ने भी छुआ होगा? छूते ही भस्म कर देती है क्या? पर मेरी बात आप भले न मानें वैज्ञानिकों की मानेंगे कि नहीं? वे बर्फ की गुप्त उष्मा निकालते हैं, विशिष्ट उष्मा निकालते हैं। कहते हैं कि बर्फ में भी उष्मा है किंतु छिपी हुई है। उसमें स्थित यही गुप्त उष्मा बर्फ को पिघलाकर पानी बना देती है। स्थिर को गतिशील कर देती है। मृत में जीवन के लक्षण स्फुरित कर देती है। पर यदि पानी की भी उष्मा बढ़ा दी जाए तो वह भाप में रूपान्तरित होने लगता है। ताप बहुत बढ़ जाने पर वही बर्फ अनियन्त्रित होकर पकड़ से बाहर हो जाती है। पुनः उष्मा कम करने पर भाप पानी में संघनित होने लगता है। अर्थात् उष्मा बढ़ने से कण आन्दोलित होकर हरकत में आ जाते हैं किन्तु ताप के निम्न होने पर वही कण जड़ीभूत होने लगते हैं। यही भौतिक परिवर्तन है और हर भौतिक परिवर्तन सृजनात्मक ही होता है जिसके मूल में आग की उष्मा की अन्तस्थता बनी रहती है। अतः अपनी गुह्यता के प्रतिबन्ध के साथ आग ही सृष्टि का कारणभूत, है और अप्रतिबन्धित होने पर संहार का कारणभूत।

वैसे तो पृथ्वी, आकाश, वायु, जल और पावक ये पंचमहाभूत परस्पर एक-दूसरे में मिले हैं। पाँचों में पाँचों हैं किन्तु जिसमें जिसका अंश प्रधान रहता है वह वही तत्वविशेष हो जाता है-

द्विधा विधाय चैकैकं चतुर्धा प्रथमं पुनः।
स्वस्वेतर द्वितीयांशैर्योजनापञ्च पञ्च ते॥

लेकिन इन महाभूतों में अग्नितत्व अपनी प्रच्छन्नता के गुण के कारण सबसे अद्भुत है। अन्य चारों तो जहाँ रहेंगे वहाँ प्रत्यक्ष रहेंगे। और प्रत्यक्ष की एक सीमा होती है। इतनी विशाल पृथ्वी कम पड़ गई तो लोग बसेरा लेने

के लिए ग्रहों-उपग्रहों पर जाने की तैयारी करने लगे। सर्वव्यापी हवा टें बोल गई और आक्सीजन नली से दी जाने लगी। अन्तरिक्ष युद्ध की होड़ में अनन्त कहा जाने वाला आकाश छोटा पड़ने लगा। जलसंकट गहराने से महानगरों में त्राहि-त्राहि मच गई। कुल्ला-मंजन तक दूभर हो गया। पंचपात्र नहीं माँजे गये। कारखानों में घिसने वाली देहों को महीनों पानी बदा नहीं हुआ। ईंधन घट गया। लकड़ी, कोयला, बुरादा से काम नहीं चला तो मिट्टी का तेल जलाया गया; उससे भी पूरा नहीं पड़ा तो गैस के सिलिण्डर भर-भराये जाने लगे अर्थात् ठोस, द्रव और गैस सबको ईंधन बनाया गया। फिर भी अकाल ज्यों-का-त्यों बना रहा। लेकिन आग कभी नहीं घटी। क्यों नहीं घटी?

इसलिए नहीं घटी यह आग क्योंकि सब में समाई है। जहाँ भी कसके संघर्ष हो जाए वहीं अस्तित्व में आ जाएगी। पंचमहाभूतों में से पानी को ले लें। एक बूँद जल से संसार की तृषा बुझ सकती है क्या? सूच्यग्र भूमि पर कोई खड़ा हो सकता है क्या? एक घन से.मी. वायु कितने प्राणियों को प्राणवान बनाकर रख सकती है? एक से.मी. व्यास के आकाश में श्रुतिविषय-गुण समा सकता है क्या? किन्तु यदि आग की केवल एक चिनगारी ही अस्तित्व में आ जाए तो भी संसार का काम चल सकता है। पहले पानी था, पृथ्वी थी, आकाश था, वायु थी। सामने नहीं थी तो केवल आग। जब मनुष्य ने पत्थर-से-पत्थर का संघर्ष किया तब अग्नि सामने आई। अतः आग संधित्सु मानव का प्रथम वैज्ञानिक अनुसन्धान है। अब यदि एक स्फुलिंग ही संसार भर का काम चलाने को बहुत है तो आज तो अग्नि-निर्माण के माचिस बनाने के असंख्य कारखाने वैसे ही खुल गये हैं। टेक्का, किसान छाप, मोर छाप, मुर्गा छाप, सिंह छाप, सियार छाप। कोई जितना चाहे उतना अँजोर करे या जितना चाहे उतना फूँके। अतः आग का उत्पादन सबसे अधिक है और खपत सबसे कम। उत्पादन और खपत के इसी अतिविषम अनुपात के कारण माचिस का-आग का बाजार भाव सबसे गिरा है।

इन अकाट्य तर्कों से अब आप अवश्य सहमत हो गये होंगे कि वास्तव में माचिस ही सबसे सस्ती है, किन्तु मेरे ऊपर झल्ला भी रहे होंगे कि माचिस के इतना सस्ता होने का ज्ञान तो सरकार को भी न रहा होगा। अब वह जान जाएगी तो इसके भी भाव बहुत बढ़ जाएँगे। पर, मेरे सुधी मित्रो! मैं आपको आश्वस्त करना चाहता हूँ कि सत्तासीन लोग कभी आग का भाव इतना नहीं बढ़ने देते कि उसकी विक्री ही न हो। वे चाहते हैं कि आग सस्ती से सस्ती बनी रहे। जितना ही उसका अवमूल्यन होता है उतने ही अधिक समय तक उनके साम्राज्य का सिंहासन अचल रहता है।

सोने की थाली में

जेठ की प्रचंड गर्मी में जिनके यहाँ वातानुकूलित कमरा सुलभ नहीं अथवा जिन्हें जुहू के किनारे साँझ बिताने का सौभाग्य न मिला हो उनके लिए अमराई से घिरा, सींकिया नरई से न्यस्त, शैवाल से आच्छादित, घोंघों एवं सीपियों से सम्पन्न और उजली-उजली कुमुदों से अनुविद्ध गाँव का ताल-पोखरा ही समुद्र है। वैसे ताल-पोखरे को समुद्र मान लेना अपनी छोटी-सी वस्तु को भी बड़ा बनाकर देखना है। दूरदृष्टि वाले इसे अतिरंजना मानते हैं और बड़ी वस्तु को भी छोटी बनाकर देखने के अभ्यासी होते हैं। किन्तु जो अपने पास उपलब्ध हो वही निधि है; चाहे वह वंचित और नगण्य ही क्यों न हो, अपद्रव्य और अनर्ह ही क्यों न हो, अयोग्य और अनुपपन्न ही क्यों न हो किन्तु जो सुदूर और अनुपलब्ध हो, वह दो कौड़ी का है; चाहे रत्नाकर हो या पद्माकर, सम्वर्ग हो या अपवर्ग, भगवान हों या भगवती। वैसे जबसे अपनी जययात्रा और पग-पग पर सफलता का मनोरथ पाले, शुभ-लाभ की दृष्टि से ठेका पट्टा लेने वाले, उर में रुद्राक्ष की माला डाले देवीभक्तों के नवरात्र व्रतोपासना की बाढ़ आई है तबसे लोगों ने इन ताल-पोखरों में नीवार (तिन्नी के चावल) की खेती आरम्भ कर दी है। फिर बेचारे खेतिहर मजूर खेती मजूरी न करें तो क्या करें? माँग बढ़ेगी तो उत्पादन बढ़ाना ही होगा।

एक ऐसी ही शाम जबकि गर्मी के मारे तन पर सूत रखना पहाड़ था, मैं हवाखोरी के लिए गाँव के पोखरे की ओर निकल पड़ा। किन्तु जब कभी घर रहे रहे ऊबा हूँ, परदेस जाने की चेष्टा की है अन्तर्जगत् से बहिर्जगत् में आने को सोचा है तो भीतर की ओर गहराने की अपेक्षा बाहर की ओर छितराया अधिक हूँ और इस प्लावन में इतना डूबा उतराया हूँ, इतने हिचकोले खाया हूँ कि पूछिए मत।

इसीलिए महत्ताओं से दबा दोबा अपना कुतर्की मन सहमी सिकुड़ी आवाज़ में जिज्ञासा करता है कि बंधु बल्कि बंधुवर! यह जो इत्र से महकता, रबड़ के फुलाए गये महामहाचक्कों से अटा-पटा, वारिविहार में मग्न युगलों से सुहासित और टाइल्स की सीढ़ियों से मंडित तरणताल है इसके रख-रखाव, साज-सज्जा और प्रबन्ध व्यवस्था पर आने वाला वार्षिक खर्च कितने लाख में जाता है? मालिक, अपने गाँव के ताल-पोखरों में तो बुडुए रहते हैं जो अबोधों की टाँगें खींचकर पानी में ही डुबो डुबोकर मार डालते हैं। सरकार, आपके कलाभवन के पारदर्शी जार में जो कैक्टस शोभा बढ़ाता हुआ आपके बौद्धिक स्तर और रुचिसम्पन्नता का विज्ञापन दे रहा है उसी नागफनी की झाड़ ने हमारे मार्गों का आगा ही रोक लिया है और वह रुकिए, घूमिए, जाइये का बोर्ड लगाये हुए है। अज्ञ हूँ, दिङ्मूढ़ हूँ। मेरा भ्रम हरिए स्वामी! इसी प्रकार अनर्गल प्रलाप करता हुआ एवं मान्यों की विरुदावली गाता हुआ घर की ओर लौटा। जब सुबह का भूला हुआ शाम तक लौट आए तो उसे भूला हुआ नहीं माना जाता तो मैं तो शाम का ही भूला हुआ था और शाम को ही लौट पड़ा था।

लौटते ही माइक द्वारा स्त्रियों के गाने की आवाज़ कानों में पड़ी 'सोने की थाली में जेवना परोस्यों, जेवना न जेवैं' मैं तो ठहरा मोटी समझ वाला अभिधामूलक व्यक्ति। जितना कहा जाता है उतना ही समझ पाता हूँ और जितना समझ पाता हूँ उतना ही कहता हूँ। बहुत बुद्धि प्रकाशित हुई तो मुख्यार्थबाधत्वे से लक्ष्यार्थ तक पहुँच सका। व्यंग्यार्थ तो बिल्कुल समझ ही नहीं पाता। रह गया अलोल का अलोल! पर यह तो ध्वन्याचार्यों का महाकल्प है। कहेंगे कुछ, समझिये कुछ। कभी अर्थान्तरसंक्रमित बोलेंगे,

कभी अत्यंत तिरस्कृत। अपने में तो वैसी प्रगल्भता है नहीं इसलिए वाच्यार्थ ही पकड़ पाया। रटता रहा-सोने की थाली में जेवना परोस्यों-अभिधार्थ तो यही कहता है कि जिस थाली में भोजन परोसा गया है वह सोने की है और यह भी अनुमान करना पड़ा कि जब मुख्य पात्र ही कलधौत का है तो गिलास, कटोरी, चम्मच जैसे लग्गू-भग्गू पात्र तो अवश्य ही विद्रुम, वैदूर्य और हीरों के होंगे। और जहाँ परोसे गये पात्र इतने बहुमूल्य हों वहाँ कौन-सा भोजन अलभ्य होगा? ऊपर से कामिनियों का मनुहार भरा गायन। तथापि, जेवना न जेवैं! मान्य अतिथि भोजन नहीं कर रहे। अवश्य ही उन्हें कुत्ता काटा होगा। अभागे होंगे। ऐसे पात्र, वैसा भोजन और ललित-कंठ से मनुहार। ऐसे अवसर पर भी जो अनशन करे-आगे आई हुई अन्नपूर्णा का तिरस्कार करे उस मन्दभाग को न्यक्कार है! तब तक ध्यान में आया कि गाँव में बारात आई है और वहीं से यह गाना भी आ रहा है। किन्तु जिसके यहाँ बारात आई है उसके घर कोठा-अँटारी भी नहीं, तस्कर व्यापारी भी नहीं, घूस घास भी नहीं तब भला इतनी समृद्धि कहाँ से छप्पर फाड के फट पड़ी। सहसा विश्वास तो नहीं हुआ पर गुदड़ी में छिपे लाल की बात सोचकर निश्चय किया कि उधर से ही होता हुआ घर-चलूँ तो पट्टीदारी भी निभ जाएगी और वस्तुस्थिति का ठीक-ठीक पता भी चल जाएगा।

अस्तु, जब घूमते-घामते उनके घर की ओर पहुँचा तो देखा कि सोने की थालियाँ, विद्रुम की कटोरियाँ, मणियों के गिलास और खाया-अधखाया जूठ सब गड्ढे में फेंके जा रहे हैं। बड़ी खीझ हुई। यदि इसी समय उन गायिकाओं में से कोई मिल जाती तो पूछता यही तुम्हारी सोने की थाली है? धत्तेरे! झुट्ठी कहीं की! पुरइन के पत्तों, पलाश की पत्तलों, मिट्टी के कुल्हड़ों और दोनों को सोना-हीरा कहती हो। वाणी का पारस छुआती चलती हो। लोगों को झाँसा देती हो। चली हैं वहाँ से, थोने की थाली में पलोथने। हो सकता है तुम्हारे इसी गप्प से चिढ़कर बाराती रूठ गये हों और जेवना न जेवें! पर इसमें गप्प क्या है भाई। अपनी पलाश की पत्तल ही सोने की थाली है, अपना मिट्टी का कुल्हड़ ही अपने लिए मणिखचित गिलास है, अपना पत्तों का दोना ही

विद्रुम की कटोरी है, अपना पोखरा ही अपने लिए समुद्र है। जो अपने पास है नहीं उसकी कल्पना भी नहीं करने दोगे। सुख-समृद्धि को चेतना में भी नहीं बसने दोगे। पलाश के पत्तलों की उपमा सोने की थाली से दे दी तो कौन-सा अनर्थ हो गया? स्त्रियाँ तो स्वभावतः अलंकारवादी आभरणप्रिय होती हैं। इसमें वे जयदेव की पूरी भक्तिन हैं। अनलंकृति उन्हें सुहाती ही नहीं। वह भी अलंकारों में अलंकार उपमा! इस सम्प्रदाय में इसी का बोलबाला है। यह उत्पाती सभी में किसी-न-किसी बहाने घुसा रहता है। किसी को अपने मूलरूप में नहीं रहने देता। गति से गयंद कर देता है। मुख से चन्द। कर से अरविन्द। कन्या से रत्न और पत्तल से स्वर्णथाल! किन्तु मुख, मुख है और कन्या, कन्या। उसकी कोमलत्विषा अनाविद्ध रत्न जैसी कांतिमान है, उसका माधुर्य अनास्वादित रस के सदृश हृद्य है और यही सादृश्यविधान ही तो उपमा है। चाहे वह साद्धर्म्यसादृश्य हो या वैद्धर्म्यसादृश्य। पलाश की पत्तल और कंचनथाल में साद्धर्म्यसादृश्य है क्योंकि दोनों ही भोजन परोसने के पात्र हैं। इसलिए पत्तल को स्वर्णथाल कहने-सुनने से तुम्हारा कान पाका हो जाता है तो हुआ करे। उठ जाओ चौका पर से। पर वास्तविकता तो यह है कि यह खीझ सच को झूठ से उपमित करने की नहीं बल्कि झूठ को सच में न देख पाने की तुम्हारी शुद्ध लालच है जिससे तुम आगे आया हुआ अन्न छोड़कर उठ रहे हो। कन्या तो मिल रही है पर रत्न नहीं मिला। पत्तल की जगह स्वर्णथाल तो कौंधा नहीं। तिलकोत्सव में सोने की न सही-चाँदी की भी तश्तरी नहीं पहुँची। और यहाँ भी केवल उपमेय सामने है पत्तल जबकि आँखें तो स्वर्णथाल ढूँढ रही हैं। इसी से यह भयानक रोष है। प्रचलित उपहार भी नहीं दिखाई दे रहे जबकि आज का समाज तो पूरी तरह प्रचलन के पीछे दीवाना है। जो-जो प्रचलन है, वह वह लेंगे। शिमला से ब्याहने आये हैं तो भी फ्रिज लेंगे क्योंकि प्रचलन है, चेरापूँजी से आये हैं तो भी नहाने का फव्वारा चाहिए क्योंकि प्रचलन है, विषुवत् रेखा से ब्याहने आये हैं तो भी हीटर चाहिए क्योंकि प्रचलन है, स्वयं भले ही ब्लैक एण्ड व्हाइट हों लेकिन टी.वी. रंगीन ही चाहिए क्योंकि प्रचलन है। मुँहमाँगा नहीं मिला तो कन्या रत्न को स्टोव की

आँच में तपाकर उसे परखेंगे। हर ग्रास पर कुछ-न-कुछ बहुमूल्य उपहार लेंगे तब निगलेंगे। महापात्रों के भी कान काट ले रहे हैं! और जेवना न जेवें! माँग और आपूर्ति की इसी रस्साकशी में भोजन बसियाने लगा, दही कषाने लगा, दाल-सब्जी अमिलाने लगी, भात करषी होने लगा, रोटी झुराने लगी, पूड़ी ऐंठने लगी, जूठ कर्राने लगा, सम्बन्ध कटु होने लगे। तब लगा कि एक ग्रास भोजन का जितना मूल्य इस देश में चुकाना पड़ता है उतना शायद ही कहीं भुगतान करना पड़ता हो।

ऊपर-ऊपर से देखने पर लग सकता है कि इस गीत के बहाने अलंकार, ध्वनि, रस आदि सम्प्रदायों के पुनर्स्थापना की कोशिश की गई है और शास्त्रीयता का गड़ा मुर्दा उखाड़ने का प्रयत्न किया गया है किन्तु पत्तलों को स्वर्णथाल से उपमित करने की अलंकृति पिंगल के प्रवक्ता बनने की नहीं है, शास्त्री-आचार्य या पण्डितराज होने की नहीं है, श्री पाँच या श्री एक हजार आठ से विभूषित होने की नहीं है बल्कि यह उस भदेस और अलिखित जनसंस्कृति का कोरा मनबढ़पना है जिसमें बाबू-बबुनन्दन को घुरवा पर का चन्दन माना जाता है, जहाँ मेचकी और साँवली-कलूटी प्रिया को भी गोरी कहकर बुलाया जाता है, जहाँ दीपक बुझाने को बाती बढ़ाना और जुड़वा फलों को सौतिहा कहा जाता है, यहाँ ताल को समुद्र और पत्तल को स्वर्णथाल माना जाता है और यह उपमेयोपमान-विधान उसी जनसमुद्र का अंतःसंचार है, अधिरूढ़ होने की मठाधीशी नहीं। वस्तुतः हमारा जीवनदर्शन पत्तल में खाकर और कुल्हड़ में पानी पीकर दोनों को ही फेंक देने का रहा है। जमाखोरी में हमारी बुद्धि कभी नहीं लगी। और जो दर्शन साधनों के विकेन्द्रीकरण का इतना स्पष्ट अभिमत रखता हो उसमें एकाधिकार या वर्चस्ववाद के लिए स्थान कहाँ? परन्तु जीवन से दर्शन तो चल सकता है किन्तु कोरे दर्शन से जीवन नहीं चल सकता। क्योंकि जीवन केवल अनुमितिखंड ही नहीं बल्कि कठोर प्रत्यक्षवाद भी है। इसलिए इसमें एक दिन की व्यवस्था से काम नहीं चल सकता। कुछ दिनों के लिए तो प्रबन्ध होना ही चाहिए। हमें उपभोगवाद से हटकर उपयोगवाद के निकट पहुँचने के लिए प्रयत्नशील रहना चाहिए।

क्योंकि वही लोकरागिनी उन्हीं उपमानों को अनेकविध दुहराती है- तू तो मालिनी पान कै पतरिया त खाइ के बहाइ देबइ ना, धनि (पत्नी) मोर सोने कै थरियवा त खाई के उठाइ लेबइ ना- पत्तल अस्थाई और मूल्यहीन है इसलिए एक बार उपभोग करके फेंकी जा सकती है पर सोने की थाली स्थायी और बहुमूल्य है, इससे बार-बार उपयोग करके सहेजी जाती है। अतएव गृही जीवन के लिए थाली ही चाहिए। पत्तल से काम चलने वाला नहीं है। बल्कि पत्तल को ही थाली बनना और बनाना चाहिए।

आज समृद्धि और संसाधनों की अभिवृद्धि से मनुष्य का अर्थ संसार जिस वेग से विस्तार पा रहा है एवं अर्थाधृत शोषण से ज्यों-ज्यों उसे साँस मिल रही है उसे देखकर आशा बँधती है कि वह दिन दूर नहीं जबकि उसकी भौतिक समस्याएँ न के बराबर रह जाएँगी। जहाँ सोने की थाली उपमान थी अब सुलभ-साकार होकर उपमेय बनती जा रही है अप्रस्तुत, प्रस्तुत में रूपान्तरित होते जा रहे हैं; भावजगत् वस्तुजगत् में परिणत हो रहा है। इसी से आज वास्तविक संकट उपमानों के लोप का है, अनलंकृति का है, आत्मसंज्ञान के लिए दूसरों की ओर देखने की आवश्यकता समाप्त हो जाने का है और प्रस्तुत को ही साध्य मान लेने के भ्रम का है। जैसा कि हो भी रहा है, सौभाग्य से यदि लोग पंचबराबर हो ही जाएँ एवं अप्रस्तुतों की आवश्यकता ही न रह जाए तो क्या मनुष्य की मानसिक-यात्रा पर विराम लग जाएगा? जहाँ भोजन परोसने के लिए सचमुच ही सोने की थालियाँ उपलब्ध हैं, हीरक के चम्मच, काँटे और कटोरियाँ खनखना रही हैं, चाँदी के गिलासों से ही तृष्णा शांत होती है वहाँ तो डिस्को और पॉप-म्यूजिक और रैप संगीत की गहमा-गहमी गूँज रही है। वहाँ पलाश और पुरइन की पत्तलों में परोसकर 'सोने की थाली में जेवना परोस्यों' वाले झुट्ठे गँवारू लोकगीतों के लिए मुँह और कान कहाँ? वास्तविक सुख के आगे आभासी सुख को कौन पूछता है? यथार्थ का बोलबाला है आजकल। कंचनथाल में कपूर की बाती जलाकर आरती उतारो तब तो कल्याण है। खबरदार! पत्तल को सोने की थाल कहना वर्तमान अर्थवत्ता के खिलाफ है।

वैसे नित नए उपमान की चाह और प्रतीक खोजने की प्रकृति ने ही मनुष्य की पहचान को एक अनोखा रंग और अल्पना प्रदान की है। यही उसकी समाजच्छवि की सांस्कृतिक प्रस्तोता रही है। जिस दिन से यह चेतना-व्यापार ठप्प हो जाएगा उसी दिन से वह छूछा हो जाएगा। क्योंकि किसी वस्तु की चाह से हम जितने अभिभूत रहते हैं, उसके मिल जाने से उतने नहीं रहते। तो क्या मैं दरिद्रमना यही चाहता हूँ कि हम पीढ़ी दर पीढ़ी समुद्र में सत्तू सानते रहें, उड़ा पिसान पित्रों के नाम करते रहें। नहीं। मैंने तो पहले ही पत्तलों की जगह थालियों की वकालत की है। यह एक यथार्थ है कि आज असली टकराव, खींचतान और ठनगन पुरइन-पलाश के पत्तों की पत्तलों और सोने की थालियों के बीच असन्तुलन के कारण है, क्योंकि करोड़ों पत्तलों की त्विषा, आय, मूल्यवत्ता और धारिता को पी-पचाकर एक कंचनथाल का दंभपूर्ण आत्मविभव बनता है जबकि एक पत्तल के निर्माण में पचीसों सोहगी और झलरा पत्तियों की चकतियों को एक में नत्थी करने का प्रयत्न होता है। स्वर्णथाल को रखाने के लिए संघाती आयुधों से सज्जित सैन्यबल और उसमें खाने के लिए चंद मुकुटमणि ही होने चाहिए। जबकि पत्तलों को न तो रखाना होता है और न ही उसमें खाने के लिए सम्भ्रान्तता की ज़रूरत होती है। अतः इनके बीच की दूरी दूर करने के लिए ज़रूरी है कि कोई मध्यमार्ग निकले जिससे सोने की थालियों में छत्तीसों व्यञ्जन टूँगनेवालों की देह में इतना स्वर्णभस्म न जमा हो जाए कि उनकी उद्भटता राह ही न चलने दे एवं पत्तलों में आँख मूँदकर भकोसने वाले इतने ठठरिया न जाएँ कि कसाईबाड़े में कटाने के लिए भेजने के योग्य बन जाएँ। इन्हीं प्रतिलोमों को मिटाने के लिए आज न तो कंचनथाल चाहिए और न ही पत्तलें। बल्कि इन दोनों की ही स्थानापन्न कोई इस्पात की थाली चाहिए जिसमें न तो महार्हता का दंभ हो और न ही अवमूल्यन की निरीहता। स्वर्णथालें विखंडित होकर टूटनी चाहिए एवं पत्तलों को एकजुट बनकर संगठित होना चाहिए क्योंकि एक सोने की थाल टूटने से जहाँ लाखों इस्पात की थालियाँ तैयार होंगी वहीं लाखों पत्तलों के योग से एक इस्पात की थाली रूपायित होगी। पत्तलें इसलिए नहीं चाहिए क्योंकि उनकी

पात्रता में स्थायित्व एवं भूरिता नहीं है और हेमथाल इसलिए नहीं चाहिए क्योंकि उनमें पत्तलों की हरियाली, उनका रस, उनकी आह, चकाचौंध तथा दंभ है। वैसे चमकने के व्यामोह में कंचन जैसे दिखने के निन्यानबे में आज राँगा, ताँबा, जस्ता भी अपने ऊपर कलई पोतकर रोल्ड गोल्ड बनने लगे हैं और यह प्रवृत्ति और भी घातक है।

तो चाहिए थाल ही जिसमें चिरत्व हो और सर्व सुलभता भी। और ऐसी स्थिति तो अभी इस्पात की थालियों से ही संभव है। यदि थाली सोने की है तो हमारा ध्यान उसके थाली होने पर कम जाता है और सोना होने पर अधिक। तब उसकी पात्रता गौण हो जाती है एवं मूल्यता अधिरूढ़। जबकि थाली की धर्मिता उसकी पात्रता में होनी चाहिए, उसकी धात्विक महार्हता में नहीं। संयोग से यदि मनुष्य किसी दिन समृद्धि और संसाधनों की पराकाष्ठा पर पहुँच गया और सोने की थालियाँ ही सर्वसुलभ उपमेय बन जाएँ तथा मनुष्य की चेतना यात्रा स्थगित न हुई तो संभवतः उपमानों के लिए वह पत्तलों की ओर ही देखे। जब मैं घर पहुँचा और दरवाजे पर पड़ी हुई चारपाई पर लेटा हुआ तारों से आविष्कृत और पूर्णचन्द्र से युक्त आकाश की ओर देखने लगा तो उपमेयों का पूर्ण निषेध करता हुआ एक अपह्नुति मेरे चेतन पटल पर उभरने लगा-

नेदं नभोमंडलमम्बुराशि-
नैताश्चतारा नवफेनभंगाः
नायं शशी कुण्डलितः फणीन्द्रो
नाऽसौ कलङ्कः शयितो मुरारिः

(यह आकाशमण्डल नहीं बल्कि अगाध समुद्र है। ये तारागण नहीं वरन् नवीन फेनबुद्-बुद् हैं। यह चन्द्रमा नहीं अपितु कुण्डली मारे हुए शेषनाग है। वह कलङ्क नहीं प्रत्युत शयन करते हुए विष्णु हैं)

हम अभी से क्या बताएँ

बी. टी. सी. प्रवेश परीक्षा के लिखित में उत्तीर्ण होने के बाद साक्षात्कार में उससे जितने प्रश्न पूछे गये सभी के उसने सटीक उत्तर दिये। जाते-जाते उस पर अन्तिम प्रश्न दागा गया। सूली पर चढ़ते वक़्त रामप्रसाद बिस्मिल ने कौन-सा गीत गाया था? उसने वह गीत भी सुना दिया-

सरफरोशी की तमन्ना अब हमारे दिल में है।
देखना है ज़ोर कितना, बाज़ू-ए-कातिल में है॥

* * * *

वक़्त आने पर बता देंगे तुझे ए आसमाँ!
हम अभी से क्या बताएँ क्या हमारे दिल में है॥

जब परिणाम निकला तो उसका नाम उस सूची में नहीं था। पता चला कि मंत्रियों और अधिकारियों की श्रीमतियों ने लेन-देन करके जिसके नाम की स्वीकृति दे दी वह तो भर्ती हो गया, बाकी का कोई पुछत्तर नहीं। अफवाह सच्ची थी या झूठी, यह तो नहीं जानता। लेकिन मैं तो कान का कच्चा आदमी, लगा लोकतंत्र की आरती उतारने! जिनका काम हो गया था वे और अगल-बगल खड़े नेतामूर्ती लोग मेरा प्रलाप सुनकर मन-ही-मन मुस्काते और ऐसी सप्रश्न आँखों से मेरी ओर देखते मानो पूछ रहे हों किम् कबोधनम् छाँटसि?

पर मैं जब बोलने लगता हूँ तो सुनना बन्द कर देता हूँ और मैंने बोलना शुरू कर दिया था जब घूस के बल पर और पहुँच की महिमा से ही प्रवेश एवं नियुक्तियाँ हो रही हों तो क्यों होता है यह नाटक? क्यों आयोजित की जाती हैं परीक्षाएँ? क्यों पूछे जाते हैं प्रश्न? क्यों लिए जाते हैं साक्षात्कार? कहाँ की जनता और कहाँ की सरकार? कैसी प्रतिभा और कैसा पुरस्कार? और यदि यही है लोकतंत्र की देन तो उसे कोटि-कोटि नमस्कार! क्यों भाई, लेते हो घूस और सवाल पूछते हो वह जिसे फाँसी पर चढ़ते हुए क्रान्तिकारियों ने पूरी दीवानगी के साथ गाया है, जिस गीत ने निरंकुश गोरी-सत्ता का दंड-कमंडल यहाँ से उठाकर बहाया है, जिससे देशभक्तों ने समूचे राष्ट्र को आगाह कर जगाया है। उस गीत का ऐसा अवमान? यही है शहीदों का सम्मान? तब क्यों गाये गवाये जाते हैं आज़ादी के गीत या राष्ट्रगान? और इससे भी बढ़कर यह कि सोहर और कजली गानेवाले कंठ में यह बलिदानी स्वर क्यों अड्डा जमाए हुए है? और पराधीनता के काल में गाया गीत स्वाधीन आदमी क्यों याद है?

ऐसे पूछने वालों पर क्रोध आता है इसलिए कि जो प्रश्न पूछ रहे हो उसका अर्थ तुम स्वयं भी समझते हो क्या? या पूछना है इसलिए कुछ भी पूछ लोगे? क्या जानते हो कि कितना उद्वेलित करने वाला सवाल तुमने पूछा है और उसका उत्तर उसने कितनी निष्ठा से दिया है। तुम तो पूछकर किनारे हो गये और डूबने वाला उसी में डूब रहा है। प्राश्निक को पता ही नहीं कि क्या पूछ रहा है और उत्तर देने वाला उस सवाल से टकराकर जूझ रहा है। उसने तो जाग जागकर, सोच सोचकर अपनी नींद हराम करके जवाब बनने की कोशिश की है और महाशय को अपने ही सवालों से कोई सरोकार नहीं! सवाल उछालना तो बड़ा आसान है, दोस्त! लेकिन उसका हल बनना उतना ही कठिन है। कोई तो हज़ारों बड़े-बड़े सिद्धान्तों का बेड़ा लेकर चलता है परन्तु उसके जीवन से दूर-दूर तक उनका कोई सरोकार नहीं होता जबकि कोई अपनी एक छोटी-सी टेक के लिए आजीवन लड़ाई लड़ता है एवं उसी में जीता और मरता है। एक ओर केवल स्वाँग और खिलवाड़ होता है जबकि दूसरी ओर वास्तविकता और मुख्य प्रतिज्ञा। किसी के रुपयों ने

किसी का क्रांतिगीत भक्ष लिया। किसी की सविलास सुविधाओं ने किसी की योग्यता का चीरहरण कर लिया। क्या अब भी हम पराधीन ही हैं? क्यों श्रीमान् जी, जवाब दीजिए? लेकिन आप क्या जवाब देंगे? आप तो क्रीत प्राश्निक हैं। जवाब हमीं देंगे। क्योंकि हमने उसे पूरी निष्ठा और प्रतिबद्धता से तैयार किया है।

पृच्छकजी, हमें तो यही प्रतीत होता है कि पराधीनता एवं स्वाधीनता की लड़ाई सार्वकालिक तथा सार्वदेशिक है। सदा एक प्रकार की दासता की जकड़न घेरने का उतायोग करती रहती है और सदा एक प्रकार की मुक्ति की छटपटाहट उसे तोड़ने के लिए जोर मारती रहती है; सदा एक तरह का आच्छादन हमें आच्छन्न करने को मंडराता रहता है और सदा एक तरह की धार उसे छिन्न-भिन्न करने के लिए पँहटती रहती है; सदा कोई नशीली गोली खिलाकर हमें सुलाने और मदान्ध बनाने का षड्यन्त्र रचता रहता है और सदा भूख हमें जगा देती है। इसी सदा-सदा के घात-प्रतिघात से ही प्रतीत होता है कि आकाश कुछ और बड़ा हो गया है, पौधे कुछ और हरे हो गये हैं, फूल कुछ सुरभित हो गये हैं, थनों में दूध कुछ और बढ़ गया है, हम हल की ओर अग्रगति कर रहे हैं, प्रश्नों के कटघरे से बाहर निकल रहे हैं, पराधीनता की बेड़ियाँ कट रही हैं एवं स्वाधीनता देवी का हमारी ओर पदार्पण हो रहा है। किसी संविधान के आ जाने से ही कोई स्वाधीनता नहीं आ जाती। बल्कि संविधान तो उसी क्षण से निर्मित होने लगता है जब से किसी अन्याय के विरुद्ध कोई सुगबुगाहट शुरू होती है, संविधान तो उसी तिथि से बनना आरम्भ हो जाता है जिस दिन से किसी अराजकता के विरोध में कोई ससंकल्प खड़ा होता है, संविधान उसी मुहूर्त में लिखा जाता है जिसमें मौत से जूझ रहे मनुष्यों में भी जीने की चाह जाग उठती है। वैसे लिखे-लिखाये संविधान की दुहाई देनेवाले ही प्रायः उसकी अवहेलना सबसे पहले करते हैं। गतलाज लोगों को लाजगत बातों का कुछ अधिक ही ध्यान रहता है!

महोदय, इतना जुझारू सवाल पूछकर आपने उसका तिरस्कार तो कर दिया किन्तु भूलिए मत, इसका उत्तर उसके पास तैयार है- वक़्त आने पर

बता देंगे तुझे ऐ आसमाँ! समय आने दो तब पता चलेगा कि हम कौन हैं? अभी अड़बड़े पड़े हैं। कर लो मनमानी। हन लो पिंगल। चला तो राजशाही नौकरशाही। पढ़ा लो पाठ। लेकिन याद रखना कि हम भी बैठे नहीं हैं! यदि हमारी चीत्कार सुनकर तुम कानों में अँगुली डाल लेते हो तो तुम्हारी अराजकता सुनते-सुनते हमारे कान पक गये हैं, यदि तुम्हारे हाथ लोगों का गला घोंटते-घोंटते कातिल हो गये हैं तो हमारे भी हाथों में दही नहीं जमी है। यदि तुम्हें 'धन, धन में, जल, जल में' वाला मुहावरा याद है तो हम भी 'करि-करि मरें बैल, बैठे खायँ तुरंग' का अर्थ समझ रहे हैं। यदि तुम आज चलनी से पानी भराना चाहते हो तो कल नाक से लोहे के चने चबाने को सोचे रहना। तुम जोंक हो तो हम नमक हैं। तुम साँप हो तो हम मोर हैं। तुम कुश हो तो हम मट्ठा हैं। भीतर-भीतर असन्तोष सुलग रहा है। आज पाँच को तैयार किया है। कल दस तैयार होंगे। घरों में जा रहे हैं। रिस्पांस पा रहे हैं। वह मुँहतोड़ जवाब देंगे कि बोलती बंद हो जाएगी बच्चू! तब बताएँगे कि कैसा होता है धान का होरहा? पर वक़्त आने दो। और हाँ, जाते-जाते यह भी सुन लो कि उस वक़्त की हम हाथ पर हाथ धरे प्रतीक्षा नहीं कर रहे हैं बल्कि उस वक़्त को हम वक़्त के थोड़ा और पहले ही लाने के प्रयत्न में जी जान से जुटे हैं!

ए आसमाँ! वक़्त आने दो तब देखना कि हमारे दिल में क्या है? यह दिल के आकाश को खुली चुनौती है क्योंकि जितना निर्वात और अवकाश, जितनी नक्षत्रमाला और उल्कापात, जितनी उमड़-घुमड़ और निपात आकाश में है उससे तनिक भी कम दिल में नहीं है। दिल में भी बादल घिरते और गरजते हैं, बिजलियाँ चमकती हैं, इन्द्रधनुष उगता है, तारे झिलमिलाते हैं एवं एक-न-एक सूर्य तथा चंद्रमा का निवास होता है। लेकिन आकाश केवल बरसना जानता है, भींगना नहीं। आकाश केवल बिजली गिराना जानता है, आहत होना नहीं। कितने तापमान पर किस गड़ही से निकला बादल का कौन-सा टुकड़ा आकाश के किस कोने में है, आकाश क्या जाने? आकाश से चली हुई बिजली किस गाछ पर बज्र की तरह गिरती है, आकाश क्या जाने? उसके बरसने के सौतेले व्यवहार से कितनी भूमि असिंचित रह गई, आकाश

क्या जाने? यथास्थितिवादी आकाश क्या जाने? जन की पीर आकाश क्या जाने? लकीर का फकीर आकाश क्या जाने? वह तो शून्य है- डबल जीरो! जबकि दिल सब कुछ जानता है। वह भींगता भी है और आहत भी होता है। वह आकाश की तरह सबके ऊपर नहीं बल्कि सबके बराबर रहना चाहता है। सबके बाहर नहीं बल्कि सबके भीतर रहना चाहता है। परन्तु आकाश महोदय! ये दिल, वो दिल नहीं जो बात-बात में शीशे की तरह टूट जाता है। बल्कि ये दिल मातृभूमि पर प्राणोत्सर्ग करने वाले बलिदानी सपूतों का है, रक्त के छींटों से इतिहास की अल्पना रचने वाली जाति का है, स्वाधीनता के आगे हर पराधीनता को सिर झुकाकर खड़ा कर देने को विवश कर देने वाली चेतना का है और हर सवाल को गम्भीरता से ग्रहण करने वालों का है। इसलिए पहले प्रश्न के प्रति गम्भीर बनो तब लो इस दिल का साक्षात्कार!

यह कैसा साक्षात्कार कि किसी से तो प्रश्न पूछे जा रहे हैं और किसी से घरेलू समाचार? एक ओर आँच, दूसरी ओर धुआँ? इससे तो आक्रोश भड़केगा ही जिसे तुम दबा नहीं पाओगे। सन्तुलन बिगड़ेगा तो सँभाल नहीं पाओगे। सन्तुलन बनाए रखने के लिए भार का समंजन, न्यायबुद्धि और समदृष्टि का उत्तोलक अवश्य होना चाहिए। यदि भार एकंगा हो गया और दृष्टि दब गई तो गाड़ी कभी उल्ल हो जाएगी, कभी दब्ब। तब चलना, चलाना और रहना तीनों दूभर हो जाएगा। इसलिए हम पूरी गम्भीरता से भाँप रहे हैं कि उल्ल या दब्ब करने के लिए के उत्तरदायी है? जे जे है, ते ते आगे आवै, आपन-आपन कृत्य कबूलै। न त मारे जइहैं रजवारे।

कुछ उत्तमश्लोक जन हमारी बँधी हुई मुट्ठियों, भिंचे हुए जबड़ों, फूलते नथुनों, तनी हुई शिराओं, भृकुटियों और चीखों पर मंद-मंद मुस्कुराते हैं। वे सोचते हैं कि दूध का यह उफान पानी का छींटा पड़ते ही पच जाएगा या हमारे दाँतों के नीचे कोई बालू झोंक देगा तो हम खिसखिसाते हुए लाचार हो जाएँगे। वे बैठे-बैठे लोढ़ा ढिमला रहे हैं और हमारी उत्तेजना को शशश्रृंग मान रहे हैं किन्तु वे नहीं जानते कि संसार में हलचल मचाने वाली और समुद्रों में कम्पन उत्पन्न करने वाली यह वही पूञ्जीभूत शक्ति है जिसके समस्त

रोमकूपों को दिवाकर ने अपनी रश्मियाँ दी हैं, हुताशन ने शक्ति दी है, मरुत ने धनुष और बाणों से भरे तरकश दिये हैं। यह मुहुर्मुहुः हुंकार, साट्टहास स्वर जिसकी भयंकरता से सम्पूर्ण आकाश गूँज उठा है, उसी का है और यह शक्ति समूचे उन जगलरों का रक्त पीकर ही रहेगी जो अपनी धाँधली से हर ईमान और वजूद को अगूंठा दिखा रहे हैं। अमृत पी रहे हैं और स्वर्णभस्म खा रहे हैं। पुष्पशय्या पर सो रहे हैं और इत्र से नहा रहे हैं। अभिमान में आ रहे हैं और विमान में जा रहे हैं। सही को गलत और गलत को सही बता रहे हैं। उन्हें यह जान ही लेना चाहिए हम सूर्यकान्ता या चंद्रकान्ता नहीं जो उधारू आलोक से चमक उठते हैं। आन कै पहिरि के सुन्दरि भइलीं, छीन लिहिसि छछुन्दरि भइलीं। बल्कि हम अपने भाग्यविधाता स्वयं हैं। हमारा सौरमण्डल हमारे ही भीतर है। हर चीज़ को हम अपनी रौशनी में और अपनी दृष्टि से देखते हैं। कृपापूर्वक मिली हुई रोशनी में हम देखते तो हैं किंतु उसके आभार से इतने दब जाते हैं कि दिन प्रतिदिन हमारी दृष्टि भोथरी होती जाती है और धीरे-धीरे उन कृपालुओं की ही तरह देखने के इतने अभ्यासी हो जाते हैं कि अपनी तरह से देखना याद ही नहीं रह जाता। तब हम मात्र उधारू-व्यवहारू आँख वाले आदमी बनकर रह जाते हैं। जब देखना चाहिए तब आँख मूँद लेते हैं और यदि आँख खुली भी तो केवल टुकुर-टुकुर ताकते हैं। जबकि अपनी मौलिक सोच के द्वारा अर्जित एवं विकसित की गई दृष्टि का आत्मविश्वास कुछ और ही होता है और ऐसी दृष्टि पा जाने पर हम सब कुछ सिर झुकाकर स्वीकार कर लेने के बजाय अन्याय एवं घपले के विरोध में खड़े हो जाते हैं और निर्विरोध शब्द से असहमत। इसी असहमति के कारण ही हमने मुखर विरोध करने का बीड़ा उठाया है। यहाँ तक कि हमारा सत्य विरोध में ही निहित है और उस सत्य तक पहुँचने के लिए हमें हत्यारों का बाहुबल देखना है, क्रांतिगीत का मजाक उड़ाने वालों को सबक सिखाना है, जो प्रश्नों के कटघरे में निर्दोष ख़ड़े हैं उन्हें बाहर निकालना है और जो इन घपलों के सूत्रधार है उन्हें सीखचों के पीछे करना है। यह सब होगा भी। पर वक़्त आने दो। हम अभी से क्या बताएँ?

मेघमाला बरसे

जेठ उतर रहा है। आषाढ़ लगने को है। गर्मी जाते-जाते अपना पूरा प्रताप दिखा जाना चाहती है। दिन में चिनगी उड़ रही है। जीव-जन्तु मारे उमस के विह्वल हैं। कहीं पत्ता भी नहीं डोल रहा है। घर पर नीम की छाया में चारपाई पर बैठा हुआ मैं एक कविता लिखने का प्रयत्न कर रहा हूँ। माथ से ढुलककर मुँह को अपने खारेपन से नमकीन बना रही पसीने की बूँदों को अंगोछे से पोंछता हुआ बहुत बचा-बचाकर कागज पर हाथ रखता हूँ कि कहीं उस पर पसीना न चू जाय! कविता क्या लिख रहा हूँ कहिए जलेबी छान रहा हूँ। उसका कुछ अंश तो गोद भी चुका हूँ। पर कविता है कि आगे बढ़ने का नाम नहीं ले रही। जैसे कान खड़े करके कुछ अनक रही हो। शब्दों को पकड़ने के प्रयास में कलम ऊपर उठी हुई है। इतने में ही जाने कहाँ से चारों ओर काले काले पहाड़ की तरह आकाश में चढ़े हुए बादल अचानक पटापट छींटाकशी करने लगे। काग़ज़ गलने लगा। स्याही फबदने लगी। शब्द-शब्द लीपपोत उठे। पल भर में सब चौपट। बंटाधार! बड़ी झुंझलाहट हुई। तत्काल तो मैंने यही सोचा कि ये बदल्ली की दुम भी कविता के शत्रु ही होते हैं। इसीलिए कहा जाता है कि भदवारा के चौमासे को बिना पेंदी का घड़ा ही समझिये। कब-किधर लुढ़क जाएँ, क्या ठिकाना?

चढ़ते राजा और उतरते ग्रह की भाँति आषाढ़ की इस घमासान प्रस्तावना के साथ उमड़े-घुमड़े, गरजे-तरजे, चमके-बरसे और क्वार की झीनी-झीनी फुहार और तिलरी बयार के साथ विदा होते इन बदलपिल्लों का अब क्या करूँ? भदवारा के अभी-अभी जन्मे जिन लड़दुलारे बादलों ने मेरी कविता को चौपट कर डाला उन्हें कोसूँ न तो चूमूँ? फिर आज के बादलों ने ग़ज़ब ही ढा दिया। न चमक, न गरज। चुपचाप पधारे और पटापट गिरने लगे। गाँव की सारी मर्यादा ही तोड़कर धर दिये। दरवाज़े पर पहुँचने के पहले दूर से ही खाँस खखार दिये होते। पता नहीं कौन किस अवस्था में बैठा है? शहर तो है नहीं कि भीतर से चौबिसों घंटा सिटकनी बंद मिलेगी। कालबेल बजाओ या कुंडी खटखटाओ तब पूछा जाएगा कौन? नहीं तो मौन! यहाँ तो सब कुछ खुला खुला है। दरवाज़ा हो या मन। और जनाब बिना किसी पूर्वसूचना के आ धमके और बरसने लगे। लगे अपना पौरुष दिखाने। भला बताइये, कोने अँतरे में बसा मेरा यह गाँव उस रास्ते में भी तो कहीं नहीं पड़ता जिसे यक्ष ने अलकापुरी जाने के लिए तुम्हें बताया था कि चलो महाशय इधर से ही पधारें। न विदिशा, न उज्जैन। अरे भाई! जाओ उधर से जिधर से तुम्हारा रास्ता हो। वहाँ चाहे थमके बरसो, चाहे जम के। चाहे गाँव डुबाते जाओ चाहे भ्रूविलास से अनभिज्ञ भोली-भाली कृषकों की अंगनाओं द्वारा साभिलाष देखे जाते हुए मूसलाधार घहराओ। लेकिन यहाँ क्या धरा है? रुई न सूत, जुलहों से मुकिअउल। कहाँ गाऊखोर, कहाँ निपनिया? कहाँ अलकापुरी, कहाँ बस्ती की खोह में बसा दीक्षापार? है कोई सरोकार? बेचारे यक्ष ने इसी नाते अपनी प्रियतमा को तुम्हारी भ्रातृजाया (भौजी) बनाया और तुम्हें अनुज कि तुम उनकी अन्तर्वेदना का तीव्रता से अनुभव कर सको। अपने सखा और अग्रज का सन्देश, विरह से तड़पती उसकी प्रिया को, जल्द-से-जल्द सुनाकर धीरज बँधाओ। लेकिन इतना समझाने-बुझाने पर भी तुम ऐसे निखट्टू देवर ठहरे कि बीच में ही मटरगश्ती करने लगे। ऐसे गैर जिम्मेदार आदमी को कोई काम सौंपने लायक ही नहीं रहा अब भेजो कहीं, चला जाये कहीं। मरने के बाद वैद्य पहुँचकर ही क्या करेंगे? क्या समय आ गया है। कोई अपनी ज़िम्मेदारी

तो समझता ही नहीं। एक देवर तो लक्ष्मण भी थे। बड़े भाई राम प्रिया-विरह जन्य अपनी हर व्यग्रता को सौमित्र से ही कहते। और लक्ष्मण बन्धुजन के दुःख की सघनता का अनुभव और भी तीव्रता से करते। उन्हें सांत्वना देते। उनका अपवञ्चन नहीं सह पाते कभी। किन्तु हाँ, लक्ष्मण तो सचेतन थे। और मेघईदास तुम? जड़। पक्के जड़। जड़ तो अन्ततः जड़ ही होता है।

कालिदास मेघ की यह नस भली-भाँति पहचानते हैं कि जड़, जड़ है; चेतन, चेतन। बादल के यथार्थ को वह खूब समझते हैं। अपनी प्रयोगशाला में उन्होंने उसका राई-रत्ती जाना है। जाना है कि क्या-क्या, किस-किस अनुपात में मिलता है तो बादल बनता है। धुआँ है, पानी है, प्रकाश है, हवा है। यही बादल की तत्व-संरचना है। ये सभी अलग-अलग जड़ ही तो हैं। इन्हीं से बना काला अक्षर भैंस बराबर मेघ यक्ष की हृदयबीन से निकली करुणरागिनी से भला कितना द्रवित होगा? उसके अन्तःकरण की कसक और संवेदना को क्या जानेगा और कितना? लेकिन जो कामाऽऽर्त है, छटपटा रहा है वह तो अपनी तड़पन और पीड़ा को व्यक्त करेगा ही। जो भी पहले सामने दिख जाएगा उसी से कहना आरम्भ कर देगा। सुनने वाला चाहे जड़ हो या चेतन, काठ का उल्लू हो या हीरामन, बुद्धिमान हो बुद्धूः-

धूमज्योतिः सलिलमरुतां सन्निपातः क्व मेघः?
सन्देशार्थाः क्व पटुकरणैः प्राणिभिः प्रापणीयाः?
इत्यौत्सुक्यादपरिगणयन्गुह्यकस्तं ययाचे,
कामाऽऽर्ता हि प्रकृतिकृपणाश्चेतनाचेतनेषु॥

पर इसी के साथ-साथ वे इस बात से भी अवगत हैं कि जड़ तत्वों से बना मेघ जड़ नहीं है। जब तक कोई कुछ बनता नहीं तब तक जड़ ही बना रहता है और जब कोई चीज़ सृजित होने लगती है तब वह सजीव हो उठती है। अर्थात् जड़ और चेतन में भेद मात्र बनने और न बनने का है। असृजित ही जड़ है, निर्जीव है। इसलिए वे जड़ों से जड़जड़ायमान नहीं होते और बादल से ही अपना सन्देश भेजने का निश्चय करते हैं।

भीगे, लिजलिजे काग़ज़ लपेटे मैं घर के ओसारे की ओर लपका, यह सोचता हुआ कि जब बादल कविता के शत्रु होते हैं तो कवि के ही मित्र क्यों होने लगे? धीरे-धीरे कुछ पारा उतरा तो देखा कि अपने में ही कुछ गड़बड़ी है। जब कविकुलगुरु बादल से अपनी मित्रता गाँठ सकते हैं तो मैं किस खेत की मूली हूँ। कहते हैं कि कवि युगद्रष्टा होता है। मैं ऐसा आगमजानी कवि होता तो भविष्यवक्ताओं में गणना होती। लोग हाथ दिखाने आते। नेतागण, मंत्री बनने के लिए अनुष्ठान कराते। बाबू, साहब बनने के लिए हवन-जाप कराते और हम कविगण कौड़ीराम से करोड़ीमल हो जाते। पर मैं तो समय से दस मिनट बाद ही होने वाली बरसात का अनुमान न लगा सका तो फिर कहाँ का कवि और कैसी कविता? लेकिन अपनी गड़बड़ी जल्दी ही समझ में आ गई। मैं वर्षा से ही सम्बन्धित कविता लिखने का प्रयत्न कर रहा हूँ तो बादल कविता के शत्रु कैसे हुए? प्रकीर्णाम्बु घन से ही तो आकाश विभूषित होता है। घटा जितनी ही काली हो, तड़िल्लता जितना ही चमत्कार पैदा करती हो, इंद्रधनु की सतरंगी छटा जितना ही नभ के आभोग को छूती हो, जेठ भर तपी हुई पृथ्वी पर पहली बरसात की सोंधी गंध जितनी ही ऊँचाई तक उठती हो और इन सबका साक्षी कवि जितनी ही ईमानदारी से अपनी चेतना में रचा-बसाकर वर्षा पर कविता लिखता हो वह उतनी ही विश्वसनीय और प्रभावोत्पादक होगी। पर कोई सचमुच कवि हो तो। अपने असमर्थ कवित्व के लिए बादलों पर दोषारोपण क्या उचित है? अच्छा ही हुआ जो मेरी कविता नष्ट हो गई। वह रहकर ही क्या करती जब किसी को अभिभूत ही न कर पाती। प्रसन्नराघवकार महाकवि जयदेव मन के फलक पर धीरे-धीरे उभरने लगे- आकल्पं कवि नूतनाम्बुदमयी कादम्बिनी वर्षतु।

अर्थात् कल्पों तक कविरूपी अभिनवाम्बु मेघमाला बरसा करे। इस वर्षा से संवेदना की वनस्पति सदा हरी-भरी रहेगी। फूल खिलते रहेंगे। मधुकोष भरते रहेंगे। तितलियाँ उड़ती रहेंगी। बच्चे उनके पीछे दौड़ते रहेंगे। पर्जन्य से अन्न सम्भव होगा। तन-मन तृप्त होंगे। दुनिया सुखी रहेगी। जड़ता और जाड्यता कम होगी। लोग सचेतन होंगे। लेकिन तब जब कवि सही-सही लिखेगा। वह वर्षा पर कविता वर्षा में भीगकर लिखेगा, बरसाती ओढ़कर

नहीं। प्यार पर कविता प्यार में डूबकर लिखेगा, बलात् नहीं। दुःख-दैन्य पर कविता दुःख भोगकर लिखेगा, दुःख देखकर नहीं। क्रान्ति पर कविता कुछ करके लिखेगा, हुआँ हुआँ करके नहीं। अन्यथा कविता नकली हो जाएगी। शब्द थोथे प्रतीत होंगे। किसी के गले के नीचे नहीं उतरेंगे। हम कहेंगे शब्द! वह कहेगा-चुप! भोगे और जिये गये शब्द ही जीवित रहते हैं। वे ही विश्वसनीय होते हैं। सुने-पढ़े या फेंके पकड़े गये शब्द हमें छू नहीं सकते। पर यदि शब्द विश्वसनीय हैं तो कवि की वाणी बहुत कुछ कर सकती है। पत्थर पिघला सकती है और बर्फ की सिल्लियों से लपटें उठा सकती है। मुर्दों में प्राण फूँक सकती है और सोये को जगा सकती है। क्रूर को हथियार डालने पर विवश कर सकती है और कायर को हथियार उठाने के लिए लड़ा सकती है। और कविता जब तक लड़ाती है, जूझने को प्रेरित करती है तब तक तो कविता रहती है पर जब खुद जूझने और लड़ने पर उतारू हो जाती है तब लोहा-लक्कड़ हो जाती है। शब्द जड़ीभूत हो जाते हैं। तब शब्दों से शब्दों के पाथर गिरते हैं जबकि शब्दों से कविता की बरसात होनी चाहिए। कविता तो पानी है पानी। और पानी क्कथनांक तक उबलकर भी जब-जब आग पर पड़ता है तो उसे भी बुझाता ही है। धुआँ, आग, सलिल और हवा का संघनित रूप बादल न तो धुआँ बरसता है, न आग। बरसता है तो पानी ही। और पानी बादल का सृजन है इसलिए चेतन है। किंतु वही बादल कभी-कभी जड़-पाथर भी छरछराता है।

जिस कवि को अपने समय की पकड़ नहीं रहती, जिसे काल का ज्ञान नहीं रहता, जो युग की चिन्ताओं और चुनौतियों से आँख मूँदकर जमुहाता है, चुटकी बजाता है, मंचों पर अललाता है, मालिक का गाता है, मुख़्तियार का बजाता है उससे कविता कुछ दूर ही रहना चाहती है। जो कवि अपने समय का समर्थ अंकन कर सकता है वही कालजयी भी होता है। और इसके लिए समय की समझ बहुत आवश्यक होती है। अपने में तो समय की समझ ही नहीं। बरसात का ही पूर्वानुमान नहीं लगा पाया। तो कविता कैसे बने! कवि-समय और कवि-समझ का निर्धारण कैसे हो? बड़ी कुकुरझौंझौं है समयज्ञ जी! बड़े-बड़े संधित्सु मोटे-मोटे ग्रन्थ लिखकर कालिदास का काल खोजते

हैं। कवि समय देखते हैं। कभी हर्षवर्द्धन का बताते हैं, कभी भोजराज का, कभी विक्रमादित्य का। और यह तो वैसा ही हुआ जैसे कभी खोज की जाय की नागार्जुन किस प्रधानमंत्री के शासनकाल में पैदा हुए? लेकिन कालिदास का समय कब नहीं है? जब-जब आषाढ़ लगेगा और मेघ उठेंगे, जब-जब कोई बान्धव-बान्धवी के वियोग में विरह-कातर होगा, जब-जब कोई शासक मुकुट उतारकर, तलवार बाहर रखकर, वाहन से उतरकर शिष्टाचार के साथ गुरुकुल में जाएगा, जब-जब दस गुणों के बीच में एक अवगुण छिप जाएगा, जब-जब नीच से फलित याचना भी निंदनीय और गुणी से निष्फलित याचना श्रेयस्कर मानी जाएगी तब-तब कालिदास का समय रहेगा। किसी राजपुरुष के समय से या किसी नगरश्रेष्ठी के समय से या किसी सामंत के समय से या किसी मिल-मालिक के समय से या किसी दस्यु या तस्कर के समय से ग्रह-नक्षत्र भिड़ाकर किसी कवि के समय का निर्धारण करना वास्तव में राहु और वृहस्पति को एक होडाचक्र में रखने के समान है। पिछले दिनों शब्दों को और कविता को 'हथियार' बनाने की मुहिम चलाई गई। खासकर ऐसे समय में जब हमें लावारिस पड़े रेडियो या घड़ी या टेप को न छूने और न उठाने की चेतावनियाँ लगातार दी जा रही हों, जब काँटे तो काँटे फूल भी नुकीले होकर चुभने की मुद्रा में तने हों, जब अच्छे सूटकेसों के विज्ञापन दूसरे हाथ में रिवाल्वर पकड़ाकर ही दिये जा सकते हों, जब ओनिडा टी. वी. का प्रचार विकराल शैतानी सींगों द्वारा ही संभव रह गया हो तो कविता पर कुछ रहम करने की ज़रूरत है। सखे! उसे हथियार बनाने से बचाना है। मनुष्य की मनोवृत्तियों में ज़हर नहीं घोलना है। क्योंकि बाहर का ज़हर तो दिख जाता है पर भीतरी ज़हर उससे भी अधिक भयावह सिद्ध होता है। सामरिक होड़ के लिए क्या हाइड्रोजन बम या परमाणु बम के आयुध कम हैं? राकेट लांचार या ए. के. सैंतालिस क्या बारात में छोड़े जाएँगे? बारात में छोड़ने के लिए तो वैसे ही फूलों की तोपें बनाई गई हैं। तब शब्दों को गोली, कटार, भुजाली और साइनाइट के कैप्सूल न बनाओ यार। छोड़ो कविता का व्यापार। कोई दूसरा धंधा करो। उधर ज़्यादा स्कोप है।

तो सखे! थोड़ा सँभलो और सोचो कि आज यदि जड़ता खूंखार और उग्र होकर हावी होती जा रही है तो इसका मुख्य कारण है- चेतनता का क्रमशः लोप। इसलिए यदि चेतना का लोप हो रहा है तो मानना पड़ेगा कि कवित्व का लोप हो रहा है। साथ ही साथ इसके बचाव का उपाय भी जारी है अर्थात् लगातार कविता भी लिखी जा रही है। कविता की घटा अवश्य घिरनी चाहिए। घटा घिरने के लिए धुआँ उठना चाहिए, ज्योति चमकनी चाहिए, मरुत् झकझोरना चाहिए। यह सब हो भी रहा है। फिर भी कुछ ऐसा है जो नहीं हो रहा है। मनुष्य का कुछ छूट रहा है पर उसे ठीक-ठीक होश नहीं कि उसका क्या छूट रहा है? बदली छूट रही है क्या? बिजली छूट रही है क्या? हवा छूट रही है क्या? पानी छूट रहा है क्या? प्रकाश छूट रहा है क्या? पर वह यह देख रहा है कि मेघमाला को छोड़ दूँ तो मेरा काम चल सकता है कि नहीं? पानी को छोड़ दूँ तो? जंगलों को काट डालूँ तो? पहाड़ों को डाइनामाइट से उड़ा दूँ तो? सारी प्रकृति की उपेक्षा कर दूँ तो? यहीं पर मनुष्य आकर अटक गया है मेरी कविता की ही तरह। इसीलिए मैं अपनी इस नकली और अक्षम कविता को फाड़कर इसी बरसात के हवाले करता हूँ मित्रों! इस संकल्प के साथ कि आगे सक्षम और सही कविता लिखने का प्रयत्न करूँगा।

इचढ़वा का पुल

पुल तो किसी नदी-नद-नाले पर ही होता है। तो यह 'इचढ़वा' कौन-सा नदी-नद-नाला है? मिस्र का वरदान 'नील' है कि चीन का शोक 'हवांग-हो' श्यामल-सलिला कालिन्दी है कि बंबई का गटर? विश्व के मानचित्र में इसे कहाँ दर्शाया गया है? इसका उद्गम कहाँ से है और यह किस सागर में किस मुहाने पर मिलता है? सामान्य प्रियाओं से अलग यह किस प्रियतम के अधरों का पान करता भी है और कराता भी है? नहीं, नहीं, मित्रो, दुनिया के मानचित्र क्या भारत या उत्तर प्रदेश या जनपद मुख्यालय बस्ती के किसी कार्यालय में टँगे नक्शे में भी कहीं यह नाला ढूँढे नहीं मिलेगा। यह भूगोल-इतिहास से बाहर का अलिखित सोता है। अब तक मनुष्य द्वारा वर्गीकृत किसी भी शास्त्र, सर्ग, अध्याय या अनुच्छेद में यह नहीं आता। तथापि यह है। ऐसा नहीं कि जो मानचित्र और शास्त्र में न हो, वह है ही नहीं। लेकिन उसका होना केवल वे ही जान सकते हैं जो उसके जीवित सम्पर्क में बने होते हैं क्योंकि मानचित्र में होना और वास्तव में होना दोनों दो बातें हैं। बकौल सर्वेश्वर दयाल सक्सेना 'देश काग़ज़ पर बना नक्शा नहीं होता।' यदि आप भी 'इचढ़वा' नाले का होना जानना चाहें, इसके अस्तित्व को अनुभूतना चाहें, इससे मिलने के इच्छुक हों, शास्त्रार्थी और मानचित्रवादी कम हों, वंचित और नगण्य में रुचि

हो तो शताब्दी या वैशाली एक्सप्रेस छोड़ दें, मारुति वैन से उतर जाएं, यहाँ तक कोई सरकारी-प्राइवेट बस भी नहीं आती और आपकी सुविधा के लिए पहले ही बता दूँ कि हवाई सर्वेक्षण से तो इसका दृष्टिगोचर होना ही मुश्किल है। तो इस तक आने के लिए राजधानियाँ ही नहीं जनपद मुख्यालयों को भी छोड़ना होगा, पक्की सड़क से हटना होगा, बार-बार दाएँ-बाएँ मुड़ना होगा, राह बेराह चलना होगा, गाँव-गाँव गुज़रना होगा और अपने पाँवों पर भरोसा करना होगा। यदि इतना कष्ट सहना आपको अंगीकार हो तो आएँ मेरे साथ। आएँ कि सोने की झुमकियों की तरह सरसों के फूलों को देखते आएँ, बौरों की सुगध सूँघते आएँ, पुतरौवल-भतरौवल सुनते आएँ, पालागी चिरंजीव बोलते आएँ, मीठा पानी पीते आएँ, घमाते और छँहाते आएँ, आएँ कि जैसे केवल आ ही रहे हों; कहीं जा नहीं रहे हों और अब ठिठकें, रुकें, देखें। वहीं है इचढ़वा नाला। देखकर बताइये गोरा है कि काला? अचढ़ है कि ढाला? पिन है कि भाला? छोड़िए, इस तुकबन्दी को। चलते-चलते आप पहुँच ही गए इचढ़वा के पुल तक, बल्कि पुल पर, बल्कि पुल के पार। कुछ अनुभव हुआ आपको? छुआ आपने इसको और इसने आपको? नहीं न। मेरी माथापच्ची व्यर्थ गई। उधर देखिए नाले में, गईं भैंस पानी में।

डूबतीं उपरातीं, मुँह बोरतीं, फुँफुँआतीं, बोह लेतीं और माथ पर बैठे हुए कौओं से खूँट और किलनी निकलवातीं भैंसों से आड़ोलित यह जो दूबर-पातर नाला आप देख रहे हैं आज इसका वाष्पन कर-करा के बहुत सारा पानी सूर्य ने सोख लिया है। वही पानी सहस्र गुना करके आषाढ़ सावन में जब सूर्य उत्सृष्ट करता है तो भदवारा में इस नाले का रूप कुछ और ही होता है। वही छुद्र नदी वाला। आँख निकाले हुए नाला। लेकिन, मैं आपको उकसाकर, खोदकर, उठाकर यहाँ तक किसी विधा लाया भी इससे मिलने, इसे अनुभूतने, इसके होने का ज्ञान कराने और आप रह गये इससे अनमिले ही। क्यों नहीं मिल सके इससे? अच्छा-अच्छा, समझ गया। इसी सेतु के कारण। आजकल हर खुली और प्रशस्त धारा के ऊपर एक सेतु बना दिया गया है। इस पार से उस पार तक आराम से ऊपर-ऊपर चले जाइये किन्तु

किसी धारा के होने का अनुभव आप नहीं कर पायेंगे। न आप धारा से प्रभावित होंगे, न धारा आपसे। लेकिन हर कहीं कोई-न-कोई धारा तो है। कहीं पानी की, कहीं चेतना की, कहीं संस्कृति की, कहीं राष्ट्रीयता की, कहीं समय की, कहीं विचार की और हर धारा का अनुभव करने के लिए उसे छूना, उसमें प्रवेश करना, भींगना, डूबना, उपराना, उसका प्रतिरोध सहना और करना और उसमें डूबते-डूबते उससे बचना अनिवार्य है। इसके साथ ही धारा में घुसने और उसे पार करने के लिए अपनी नौका अपने सिर पर रखकर चलना पड़ता है बल्कि अपने को ही नौका बना देना पड़ता है। धारा वही है जिसमें प्रवाह हो और नौका भी वही है जिसमें उस तरह की धारा में से हलाकर उबार लेने की क्षमता और युक्ति हो। लेकिन आप तो ठहरे लुभावने विज्ञापनों से आकर्षित पर्यटक तो इस इचढ़वा की धारा के अस्तित्व को कैसे हाँ कर पायेंगे? हम तो, भाई, यहीं के हैं। हमने इसे छुआ है, इसमें घुसे हैं, भींगे हैं, डूबते डूबते इससे बचे हैं और सालों साल इसे आर-पार किये हैं। हम इतना निश्चित जानते हैं कि यह था, है। लेकिन कोई रहेगा कि नहीं इसे कोई नहीं जानता।

इचढ़वा पर बना यह पुल भी न इलाहाबाद का शास्त्री ब्रिज है, न लखनऊ का मंकी ब्रिज और न रिहन्द का बाँध। न रामेश्वरम् का सेतुबन्ध, न भीमताल का डाट। फिर भी यह पुल इस नाले की मुखरता पर जाबा बनना चाहता है, इसकी बोली बंद करना चाहता है, इसके होने को नकारना चाहता है, इसे पार करने की पूर्वानुभूत कठिनाइयों को बिसराना चाहता है। लेकिन मैं इन सबको याद करना चाहता हूँ। याद करना चाहता हूँ इसके बहाव और उतराव को, इसमें जाल फेंकते मछुआरों और वंशी डाले हुए नंग-धड़ंग बच्चों को, इसकी भीट पर पलाश और पके हुए सुर्ख़ फलों से लदे गूलर के मिले-जुले वन को, कटे हुए कठजामुन के ठूंठ पेड़ों से निकले हुए नए-नए पत्तों को, इसके किनारे की बिलों में ठसी हुई गिरइयों और मंगुरों को, भादों की इसकी उफान और जेठ की झुरान को और याद करना चाहता हूँ इन सबके साथ अपने को। अपने अतीत और अपनी अकिंचनता को। कल्पना कीजिए,

घर से सात-आठ कि.मी. दूर पैदल चलकर खोरिया जैसे टुटहे विद्यालय में बालकः बालकौ बालकाः रटनेवाले ग्यारह-बारह वर्षीय बालक की, छींटदार सूती बुश्शर्ट और पटरीदार पाजामा किसी-किसी त्योहार पर मिल जानेवाली नवधा छवि की। उस पर भी नंगे पाँवों की निराली शोभा की बलिहारी, ऐसे पाँव जिन्हें मित्रगण आज भी 'खुर' कहते हैं। ऐसे ही पाँवों की अश्वशक्ति से पीठ पर बस्ता लादे और दूसरे बच्चों के साथ दीक्षापार से खोरिया और खोरिया से दीक्षापार तक की मैराथन में प्रतिदिन भाग लेना। लेकिन भाग-भाग मरै, सिपाही के आगे परै। दोनों ओर से आधी दूरी तय करने पर बीच में यही इचढ़वा आँख निकाले हुए स्वागत के लिए तैयार। देखते ही जी जल जाता कि ससुर कोई मरकहा पशु-प्राणी ही होता तो लाठी-भाला से मार कोंच कर खदेड़ देता या कोई लपेटकर उठा लाने वाला सामान होता तो घर आकर कहता 'बप्पा, नाधो लढ़िया चलो उठा लावें उसको।' लेकिन प्रतिदिन मुँह बराबर पानी में बच-बचकर एड़ी उठाये चलिए पंजों के बल और कहीं धारा के वेग में पाँव लड़खड़ा गये तो गये बस्ते समेत। हुचुर-हुचुर पानी पीते और अकुलाते हुए सज्ञान विद्यार्थी साथियों ने देखा तो दौड़कर थाम लिए। यही दैनन्दिनी रही। कापी-किताब भिगोना एवं सुखवाना। कभी धारा में लड़खड़ा जाना तो कभी बचकर निकल जाना। कभी तैरती मछलियों से पेट या जाँघों के छुआ जाने पर गुदगुदा उठना तो कभी पानी में सिकुड़ती, फैलती, बहती जोंकों से बचाव करते हुए किनारे तक पहुँचना और इन्हीं परिस्थितियों से दो-चार होते हुए प्रतिदिन इस धारा के होने को अनुभूतना। प्रारम्भिक दिनों में यह धारा लढ़िया के आगे काठ थी। लेकिन काठ से विचलित होकर पीछे लौटने का भी प्रश्न नहीं था। कठिनाइयों से कितना डरा और भागा जा सकता है। कठिनाइयाँ हमें आमंत्रित करती हैं कि आओ हमसे लड़ो, फिर लड़ने की सीख देती हैं कि ऐसे-ऐसे लड़ा जाता है, संघर्ष करते समय वे हमें टक्कर भी मारती हैं, पीछे लौटने को हतोत्साहित भी करती हैं, थकाती भी हैं लेकिन जब जान जाती हैं कि हम रणबाँकुरे हो गये हैं और लड़ना सीख गये हैं तो वे अपने ऊपर जीत का दीक्षामंत्र भी हमारे कानों में फूँक देती हैं। जो भीरू

होते हैं वे संघर्ष से डरकर पीछे भी लौट जाते हैं। किन्तु कहाँ-कहाँ कितना पीछे लौटेंगे आप? जब पग-पग पर पगबाधा है। सुख-दुःख आधा-आधा है! तिल-तन्दुल की तरह मिले हुए इचढ़वा के सम्मिलित अनुभव की गठरी मैं आपके सम्मुख छोर देना चाहता हूँ कि देखिए इस धारा से मैंने यह-यह सीखा है, यह-यह जाना है, यह-यह पाया है, यह यह भोगा है, यह-यह गँवाया हैं, इतना इतना सहा है और कितना कितना तहा है। धन्यार्ह हैं वे जिन्होंने बोध कराना चाहा कि पानी के भौंरों को अँजुरी में भरकर पी लेने से तैरना आ जाएगा लेकिन किसी को निगलकर कोई विद्या सीखना कभी अपुन को रास नहीं आया, धन्यार्ह हैं वे जिन्होंने नाव बनवाने की अमूल्य प्रेरणा बिन माँगे दी, लेकिन दुधहे वृक्षों को काटने के लिए कभी अन्तरात्मा तैयार नहीं हुई, धन्यवाद मुझे कि आपको फुसलाकर यह पिद्दी-सा नाला देखने लाया, धन्यवाद आपको कि आपने इसका होना जान नहीं पाया और अतिधन्यवाद उन्हें जिन्होंने सौजन्य से इसके ऊपर ठेकेदारी करके पुल बनवाया।

जब यह पुल नहीं था तो मुँह बराबर पानी में रोज-रोज हलने का भय, धारा के प्रवाह में पाँव उखड़ जाने का भयानक भय, लड़खड़ा जाने पर नाक से पानी पीने और बस्ता भीग जाने का दारुण भय, तैरना न आने के कारण साथियों का उपहासपात्र और भविष्य में कहीं इससे भी गहरी जलधारा पड़ने पर डूब जाने का मारण भय। इतने भयों से उबरने के लिए पानी में हाथ-पाँव चलाना सीखने लगा, उसमें गोते लगाकर उसकी निचली सतह से मुट्ठी में मिट्टी उठाकर साथियों को दिखाने लगा, धारा की सतह पर लेटने लगा और धीरे-धीरे विधिवत् पानी में तैरने लगा। तैरना सिखा दिया इचढ़वा ने। यह मेरा गुरु है। मनुष्य-का-मनुष्य से भी बड़ा गुरु प्रकृति है। उससे हम बहुत कुछ सीख सकते हैं। बशर्ते हम जिज्ञासु हों, यियासु हों, पिपासु हों और हों प्रस्तुत। लेकिन आज का आदमी इतना अप्रस्तुत है कि स्वयं उपमान बन जाने को अधीर। वह समूची प्रकृति को, पूरे पर्यावरण को, उपमेय ही बनाए रखना चाहता है। वह चाहता है कि पहाड़ से उसकी उपमा की जाए, सूर्य से उसकी उपमा की जाए, सिंह से उसकी उपमा की जाए, आकाश और समुद्र से

उसकी उपमा की जाए। भले ही उसके डूबने के लिए चुल्लू भर पानी अधिक पड़े। वह चाहता है कि किसी धारा में बिना घुले, मिले, जाने लड़े-तैरे ही उसके ऊपर झंडे की तरह दिखे। गुरु किसी को नहीं, सबको अपना शिष्य ही माने। चालाकी की तरह तैराकी भी एक विद्या है। चालाकी, यानी काम पड़ने पर निहुर जाना और काम निकल जाने पर ठेंगा दिखाना, चालाकी यानी दूसरों की बलि देकर अपने नाम शहीद स्मारक बनवाना, चालाकी यानी कौए द्वारा कान लेकर भागे जाने का हल्ला करना; चालाकी यानी तीतरों को लड़ाकर तमाशा देखना; चालाकी यानी गोड़धरिया करके पुरस्कार बटोरना; चालाकी यानी दूसरों को चूना लगाना इत्यादि। जबकि तैराकी यानी पानी ढबढबाना, हाथ-पाँव चलाना, धारा से टकराना, अपनी और अवसर आने पर दूसरों की जान बचाना। पहली विद्या में तो अपनेराम पोंगा ही निकले। मिलने को तो एक-से-एक गुरु मिले। गुरुपर्वत गुरुसमुद्र। गुरुघण्टाल। गुरुणाम् गुरु। लेकिन दुर्भाग्य या सौभाग्यवश इस आहार्यबुद्धि अकेले चेले को दीक्षित नहीं कर पाये। पर तैराकी आ गई। गुरु इचाढ़े! प्रणाम स्वीकार करो, इस लल्लू का।

वस्तुतः तैरना सीखा तो उतने पानी में जाता है जितने में व्यक्ति की डुबान न हो लेकिन तैरने की आवश्यकता उतने पानी में पड़ती है जिसमें व्यक्ति के डूब जाने के ख़तरे हों। अडूब पानी में सीखा इसलिए जाता है जिससे प्रशिक्षु से कोई अवधानता हो जाय तो भी वह सुरक्षित रहे किन्तु प्रशिक्षित होने के बाद भी यदि कोई खतरा मोल न लिये जाने की सुविधानुसार किसी छिछले गड्ढे को ही ढकढोरने का व्यसन पाल रखा है तो उसके बल, विद्या और बुद्धि तीनों को धिक्कार है! दूसरी ओर तैराकी सीखने के कमाऊ लाभ भी लोगों को चुम्बक की तरह अपनी ओर खींच रहे हैं। पुरस्कार हैं। पद हैं। तमगे हैं। राष्ट्रीय-अंतरराष्ट्रीय स्तर पर इन्हें खूब प्रोत्साहन मिल रहे हैं। बस सीख लो। बेड़ा पार। खुली प्रतियोगिता है। थोड़ा रेफरी को पटाये रहो। तुम उनके चरण चूमो सफलता तुम्हारे चरण चूमेगी। लेकिन मित्र कम-से-कम समय में अधिक-से-अधिक दूरी वाली जलराशि को उत्तीर्ण करके जीवन में

स्वर्णपदक पा लेने की जिनकी महत्वाकांक्षी योजनाएँ हैं, वे न तो किसी धारा से टकरा सकते हैं और न ही उसे अनुभूत सकते हैं। वे उसमें घुसकर, थोड़ा ठहरकर किसी डूबते के लिए तिनके का सहारा बनने को तैयार न होंगे। उनके पास प्लवन के आर्किमिडीज के सिद्धान्त के बारे में सोचने की फुर्सत ही नहीं है। वे पुल के द्वारा धारा पर विजयश्री पाने के प्रत्याशी हैं। सोचता हूँ इचढ़वा का यह पुल न तो टिहरी का बाँध है, न रिहन्द का; न शास्त्री ब्रिज है, न रामेश्वर सेतु, तो भी यह आवश्यक था या नहीं। इधर से उधर का आवागमन कैसे होता? वाहनों से गन्ना मिलों तक कैसे जाता? गाड़ी घोड़ा कैसे चलते? और यह नाला भी न तो हिरण्यवाह शोण नद है न बेत्रवती बेतवा न नील, न हवांग हो तो भी इसका अस्तित्व है कि नहीं? आज जिस तरह से चार कदम पैदल चलना भी हमारे लिए दूभर और दुष्कर लग रहा है उसे देखते हुए वह दिन भी दूर नहीं लगता, जबकि इस पर बना यह पुल भी एक धारा ही नज़र आयेगा। तब हमारे लिए इस पुल को पार करना भी एक चुनौती ही होगी। संस्कृति, चेतना, विचार या संघर्ष की धाराएँ तो इससे कहीं गहरी, जटिल और टकराहट भरी हुई हैं।